L'hérésiarque et Cie

Guillaume Apollinaire

Edition : Culturea (culurea.fr), 34 Hérault
Contact : infos@culturea.fr
Impression : BOD, Norderstedt (Allemagne)
ISBN : 9791041975730
Date de publication : juillet 2023
Mise en page et maquettage : https://reedsy.com/
Cet ouvrage a été composé avec la police Bauer Bodoni

L'HÉRÉSIARQUE ET CIE

LE PASSANT DE PRAGUE

En mars 1902, je fus à Prague.

J'arrivais de Dresde.

Dès Bodenbach, où sont les douanes autrichiennes, les allures des employés de chemin de fer m'avaient montré que la raideur allemande n'existe pas dans l'empire des Habsbourg.

Lorsqu'à la gare je m'enquis de la consigne, afin d'y déposer ma valise, l'employé me la prit; puis, tirant de sa poche un billet depuis longtemps utilisé et graisseux, il le déchira en deux et m'en donna une moitié en m'invitant à la garder soigneusement. Il m'assura que, de son côté, il ferait de même pour l'autre moitié, et que, les deux fragments de billet coïncidant, je prouverais ainsi être le propriétaire du bagage quand il me plairait de rentrer en sa possession. Il me salua en retirant son disgracieux képi autrichien.

À la sortie de la gare François-Joseph, après avoir congédié les faquins, d'obséquiosité tout italienne, qui s'offraient en un allemand incompréhensible, je m'engageai dans de vieilles rues, afin de trouver un logis en rapport avec ma bourse de voyageur peu riche.

Selon une habitude assez inconvenante, mais très commode quand on ne connaît rien d'une ville, je me renseignai auprès de plusieurs passants.

Pour mon étonnement, les cinq premiers ne comprenaient pas un mot d'allemand, mais seulement le tchèque. Le sixième, auquel je m'adressai, m'écouta, sourit, et me répondit en français:

—Parlez français, monsieur, nous détestons les Allemands bien plus que ne font les Français. Nous les haïssons, ces gens qui veulent nous imposer leur langue, profitent de nos industries et de notre sol dont la fécondité produit tout, le vin, le charbon, les pierres fines et les métaux précieux, tout, sauf le sel. À Prague, on ne parle que le tchèque. Mais lorsque vous parlerez français, ceux qui sauront vous répondre le feront toujours avec joie.

Il m'indiqua un hôtel situé dans une rue dont le nom est orthographié de telle sorte qu'on le prononce Porjitz, et prit congé en m'assurant de sa sympathie pour la France.

Peu de jours auparavant, Paris avait fêté le centenaire de Victor Hugo.

Je pus me rendre compte que les sympathies bohémiennes, manifestées à cette occasion, n'étaient pas vaines. Sur les murs, de belles affiches annonçaient les traductions en tchèque des romans de Victor Hugo. Les devantures des librairies semblaient de véritables musées bibliographiques du poète. Sur les vitrines étaient collés des extraits de journaux parisiens relatant la visite du maire de Prague et des Sokols. Je me demande encore quel était le rôle de la gymnastique en cette affaire.

Le rez-de-chaussée de l'hôtel qui m'avait été indiqué, était occupé par un café chantant. Au premier étage, je trouvai une vieille qui, après que j'eus débattu le prix, me mena dans une chambre étroite où étaient deux lits. Je spécifiai que j'entendais habiter seul. La femme sourit, et me dit que je ferais comme bon me semblerait; qu'en tout cas je trouverais facilement une compagne au café-chantant du rez-de-chaussée.
Je sortis, dans l'intention de me promener tant qu'il ferait jour et de dîner ensuite dans une auberge bohémienne. Selon ma coutume, je me renseignai auprès d'un passant. Il se trouva que celui-ci reconnut aussi mon accent et me répondit en français:
—Je suis étranger comme vous, mais je connais assez Prague et ses beautés pour vous inviter à m'accompagner à travers la ville.
Je regardai l'homme. Il me parut sexagénaire, mais encore vert. Son vêtement apparent se composait d'un long manteau marron au col de loutre, d'un pantalon de drap noir assez étroit pour mouler un mollet qu'on devinait très musclé. Il était coiffé d'un large chapeau de feutre noir, comme en portent souvent les professeurs allemands. Son front était entouré d'une bandelette de soie noire. Ses chaussures de cuir mou, sans talons, étouffaient le bruit de ses pas égaux et lents comme ceux de quelqu'un qui, ayant un long chemin à parcourir, ne veut pas être fatigué en arrivant au but. Nous allions sans parler. Je détaillai le profil de mon compagnon. Le visage disparaissait presque dans la masse de la barbe, des moustaches, et des cheveux démesurément longs mais soigneusement peignés, d'une blancheur d'hermine. On voyait pourtant les lèvres épaisses et violettes. Le nez proéminant, poilu et courbe. Près d'un urinoir, l'inconnu s'arrêta et me dit:
—Pardon, monsieur.
Je le suivis. Je vis que son pantalon était à pont. Dès que nous fûmes sortis:
—Regardez ces anciennes maisons, dit-il; elles conservent les signes qui les distinguaient avant qu'on ne les eût numérotées. Voici la maison à la Vierge, celle-là est à l'Aigle, et voilà la maison au Chevalier.
Au-dessus du portail de cette dernière une date était gravée.
Le vieillard la lut à haute voix:
—1721. Où étais-je donc?... Le 21 juin 1721 j'arrivai aux portes de Munich.
Je l'écoutais, effrayé, et pensant avoir affaire à un fou. Il me regarda et sourit, découvrant des gencives édentées. Il continua:
J'arrivai aux portes de Munich. Mais il paraît que ma figure ne plut pas aux soldats du poste, car ils m'interrogèrent de façon fort indiscrète. Mes réponses ne les satisfaisant pas, ils me garrottèrent et me menèrent devant les inquisiteurs. Bien que ma conscience fût nette, je n'étais pas fort rassuré. En chemin, la vue du saint Onuphre, peint sur la maison qui porte actuellement le numéro 17 de la Marienplatz, m'assura que je vivrais au moins jusqu'au lendemain. Car cette image a la propriété d'accorder un jour de vie à qui la regarde. Il est vrai que, pour moi, cette vue n'avait que peu d'utilité; je possède l'ironique certitude de survivre. Les juges me remirent en liberté, et, durant huit jours, je me promenai dans Munich.

—Vous étiez bien jeune alors, articulai-je pour dire quelque chose; bien jeune!

Il répondit sur un ton d'indifférence:

—Plus jeune de près de deux siècles. Mais, sauf le costume, j'avais le même aspect qu'aujourd'hui. Ce n'était d'ailleurs pas ma première visite à Munich. J'y étais venu en 1334, et je me souviens toujours de deux cortèges que j'y rencontrai. Le premier était composé d'archers promenant une ribaude, qui faisait vaillamment tête aux huées populaires et portait royalement sa couronne de paille, diadème infamant au sommet duquel tintinnabulait une clochette; deux longues tresses de paille descendaient jusqu'aux jarrets de la belle fille. Ses mains enchaînées étaient croisées sur son ventre qui avançait vénérieusement, selon la mode d'une époque où la beauté des femmes consistait à paraître enceintes. C'est d'ailleurs leur seule beauté. Le second cortège était celui d'un juif qu'on menait pendre. Avec la foule hurlante et saoule de bière, je marchai jusqu'aux potences. Le juif avait la tête prise dans un masque de fer peint en rouge. Ce masque dissimulait une figure diabolique, dont les oreilles avaient, à vrai dire, la forme des cornets qui sont les oreilles d'âne dont on coiffe les méchants enfants. Le nez s'allongeait en pointe, et, pesant, forçait le malheureux à marcher courbé. Une langue immense, plate, étroite et roulée complétait ce jouet incommode. Nulle femme n'avait pitié du juif. Aucune n'eut l'idée d'essuyer sa face suante sous le masque,—comme cette inconnue qui essuya le visage de Jésus avec le linge appelé Sainte-Véronique. Ayant remarqué qu'un valet du cortège menait deux gros chiens en laisse, la plèbe exigea qu'on les pendît aux côtés du juif. Je trouvai que c'était un double sacrilège, au point de vue de la religion de ces gens-là, qui firent du juif une sorte de Christ navrant, et au point de vue de l'humanité, car je déteste les animaux, monsieur, et ne supporte pas qu'on les traite en hommes!

—Vous êtes israélite, n'est-ce pas? dis-je simplement.

Il répondit:

—Je suis le Juif Errant. Vous l'aviez sans doute déjà deviné. Je suis l'Éternel Juif—c'est ainsi que m'appellent les Allemands. Je suis Isaac Laquedem.

Je lui donnai ma carte en lui disant:

—Vous étiez à Paris, l'an dernier, en avril, n'est-ce pas? Et vous avez écrit à la craie votre nom sur un mur de la rue de Bretagne. Je me souviens de l'avoir lu, un jour que, sur l'impériale d'un omnibus, je me rendais à la Bastille.

Il dit que c'était vrai, et je continuai:

—On vous attribue souvent le nom d'Ahasvérus?

—Mon Dieu, ces noms m'appartiennent et bien d'autres encore! La complainte que l'on chanta après ma visite à Bruxelles me nomme Isaac Laquedem, d'après Philippe Mouskes, qui, en 1243, mit en rimes flamandes mon histoire. Le chroniqueur anglais Mathieu de Paris, qui la tenait du patriarche arménien, l'avait déjà racontée. Depuis, les poètes et les chroniqueurs ont souvent rapporté mes passages, sous le nom d'Ahasver, Ahasvérus ou Ahasvère, dans telles ou telles villes. Les Italiens me nomment Buttadio—en latin Buttadeus;—les Bretons, Boudedeo; les Espagnols, Juan Espéra-en-Dios. Je

préfère le nom d'Isaac Laquedem, sous lequel on m'a vu souvent en Hollande. Des auteurs prétendent que j'étais portier chez Ponce-Pilate, et que mon nom était Karthaphilos. D'autres ne voient en moi qu'un savetier, et la ville de Berne s'honore de conserver une paire de bottes qu'on prétend faites par moi et que j'y aurais laissées après mon passage. Mais je ne dirai rien sur mon identité, sinon que Jésus m'ordonna de marcher jusqu'à son retour. Je n'ai pas lu les œuvres que j'ai inspirées, mais j'en connais le nom des auteurs. Ce sont: Gœthe, Schubart, Schlegel, Schreiber, von Schenck, Pfizer, W. Müller, Lenau, Zedlitz, Mosens, Kohler, Klingemann, Levin, Schüking, Andersen, Heller, Herrig, Hamerling, Robert Giseke, Carmen Sylva, Hellig, Neubaur, Paulus Cassel, Edgard Quinet, Eugène Suë, Gaston Paris, Jean Richepin, Jules Jouy, l'Anglais Conway, les Pragois Max Haushofer et Suchomel. Il est juste d'ajouter que tous ces auteurs se sont aidés du petit livre de colportage qui, paru à Leyde en 1602, fut aussitôt traduit en latin, français et hollandais, et fut rajeuni et augmenté par Simrock dans ses livres populaires allemands. Mais regardez! Voici le Ring ou Place de Grève. Cette église contient la tombe de l'astronome Tycho-Brahé; Jean Huss y prêcha, et ses murailles gardent les marques des boulets des guerres de Trente Ans et de Sept Ans.
Nous nous tûmes, visitâmes l'église, puis allâmes entendre tinter l'heure à l'horloge de l'Hôtel de Ville. La Mort, tirant la corde, sonnait en hochant la tête. D'autres statuettes remuaient, tandis que le coq battait des ailes et que, devant une fenêtre ouverte, les Douze Apôtres passaient en jetant un coup d'œil impassible sur la rue. Après avoir visité la désolante prison appelée Schbinska, nous traversâmes le quartier juif aux étalages de vieux habits, de ferrailles et d'autres choses sans nom. Des bouchers dépeçaient des veaux. Des femmes bottées se hâtaient. Des juifs en deuil passaient, reconnaissables à leurs habits déchirés. Les enfants s'apostrophaient en tchèque ou en jargon hébraïque. Nous visitâmes, tête couverte, l'antique synagogue, où les femmes n'entrent point pendant les cérémonies, mais regardent par une lucarne. Cette synagogue a l'air d'une tombe, où dort voilé le vieux rouleau de parchemin qui est une admirable thora. Ensuite, Laquedem lut à l'horloge de l'Hôtel de Ville juif qu'il était trois heures. Cette horloge porte des chiffres hébreux et ses aiguilles marchent à rebours. Nous passâmes la Moldau sur la Carlsbrücke, pont d'où saint Jean Népomucène, martyr du secret de la Confession, fut jeté dans la rivière. De ce pont orné de statues pieuses, on a le spectacle magnifique de la Moldau et de toute la ville de Prague avec ses églises et ses couvents.
En face de nous se dressait la colline du Hradschin. Pendant que nous montions entre les palais, nous parlâmes.
—Je croyais, dis-je, que vous n'existiez pas. Votre légende, me semblait-il, symbolisait votre race errante... J'aime les Juifs, monsieur. Ils s'agitent agréablement et il en est de malheureux... Ainsi, c'est vrai, Jésus vous chassa?
—C'est vrai, mais ne parlons pas de cela. Je suis accoutumé à ma vie sans fin et sans repos. Car je ne dors pas. Je marche sans cesse, et marcherai encore pendant que se manifesteront les Quinze Signes du Jugement Dernier. Mais je ne parcours pas un chemin de la croix, mes routes sont heureuses. Témoin immortel et unique de la

présence du Christ sur la terre, j'atteste aux hommes la réalité du drame divin et rédempteur qui se dénoua sur le Golgotha. Quelle gloire! Quelle joie! Mais je suis aussi depuis dix-neuf siècles le spectateur de l'Humanité, qui me procure de merveilleux divertissements. Mon péché, monsieur, fut un péché de génie, et il y a bien longtemps que j'ai cessé de m'en repentir.

Il se tut. Nous visitâmes le château royal du Hradschin, aux salles majestueuses et désolées, puis la cathédrale, où sont les tombes royales et la châsse d'argent de saint Népomucène. Dans la chapelle où l'on couronnait les rois de Bohême, et où le saint roi Wenceslas subit le martyre, Laquedem me fit remarquer que les murailles étaient de gemmes: agates et améthystes. Il m'indiqua une améthyste:

—Voyez, au centre, les veinures dessinent une face aux yeux flamboyants et fous. On prétend que c'est le masque de Napoléon.

—C'est mon visage, m'écriai-je, avec mes yeux sombres et jaloux!

Et c'est vrai. Il est là, mon portrait douloureux, près de la porte de bronze où pend l'anneau que tenait saint Wenceslas quand il fut massacré. Nous dûmes sortir. J'étais pâle et malheureux de m'être vu fou, moi qui crains tant de le devenir. Laquedem, pitoyable, me consola et me dit:

—Ne visitons plus de monuments. Marchons dans les rues. Regardez bien Prague; Humboldt affirme qu'elle est parmi les cinq villes les plus intéressantes d'Europe.

—Vous lisez donc?

—Oh! parfois, de bons livres, en marchant... Allons, riez! J'aime aussi parfois en marchant.

—Quoi! vous aimez et n'êtes jamais jaloux?

—Mes amours d'un instant valent des amours d'un siècle. Mais, par bonheur, personne ne me suit, et je n'ai pas le temps de prendre cette habitude d'où s'engendre la jalousie. Allons, riez! ne craignez ni l'avenir, ni la mort. On n'est jamais sûr de mourir. Croyez-vous donc que je sois seul à n'être pas mort! Souvenez-vous d'Enoch, d'Elie, d'Empédocle, d'Apollonius de Tyane. N'y a-t-il plus personne au monde pour croire que Napoléon vive encore? Et ce malheureux roi de Bavière, Louis II! Demandez aux Bavarois. Tous affirmeront que leur roi magnifique et fou vit encore. Vous-même, vous ne mourrez peut-être pas.

La nuit descendait et les lumières naissaient sur la ville. Nous repassâmes la Moldau par un pont plus moderne:

—Il est l'heure de dîner, dit Laquedem, la marche excite l'appétit et je suis un gros mangeur.

Nous entrâmes dans une auberge où l'on faisait de la musique.

Il y avait là un violoniste; un homme qui tenait le tambour, la grosse caisse et le triangle; un troisième, qui touchait une sorte d'harmonium à deux petits claviers juxtaposés et placés sur soufflets. Ces trois musiciens faisaient un bruit du diable et accompagnaient fort bien le goulasch au paprika, les pommes de terre sautées mêlées de grains de cumin, le pain aux graines de pavot et la bière amère de Pilsen qu'on nous servit. Laquedem

mangea debout en se promenant dans la salle. Les musiciens jouaient puis quêtaient. Pendant ce temps, la salle s'emplissait des voix gutturales de ses hôtes, tous Bohémiens à tête en boule, à face ronde, au nez en l'air. Laquedem parla délibérément. Je vis qu'il m'indiquait. On me regarda; quelqu'un vint me serrer la main en disant:
«Vivé la Frantzé!»
La musique joua la Marseillaise. Petit à petit l'auberge s'emplit. Il y avait là aussi des femmes. Alors, on dansa. Laquedem saisit la jolie fille de l'hôte, et les voir me fut un ravissement. Tous deux dansaient comme des anges, selon ce qu'en dit le Talmud qui appelle les anges maîtres de danse. Soudain, il empoigna sa danseuse, la souleva et balla ainsi aux applaudissements de tous. Quand la fille fut de nouveau sur ses pieds, elle était sérieuse et quasi pâmée. Laquedem lui donna un baiser qui claqua juvénilement. Il voulut payer son écot dont le montant était d'un florin. À cet effet il tira sa bourse, sœur de celle de Fortunatus et jamais vide des cinq sous légendaires.
Nous sortîmes de l'auberge et traversâmes la grande place rectangulaire nommée Wenzelplatz, Viehmarkt, Rossmarkt ou Vàclavské Nàmesti. Il était dix heures. À la lueur des réverbères rôdaient des femmes qui, au passage, nous murmuraient des mots tchèques d'invite. Laquedem m'entraîna dans la ville juive en disant:
—Vous allez voir: pour la nuit, chaque maison s'est transformée en lupanar.
C'était vrai. À chaque porte se tenait, debout ou assise, tête couverte d'un châle, une matrone marmonnant l'appel à l'amour nocturne. Tout d'un coup, Laquedem dit:
—Voulez-vous venir au quartier des Vignobles Royaux? On y trouve des fillettes de quatorze à quinze ans, que des philopèdes eux-mêmes trouveraient de leur goût.
Je déclinai cette offre tentante. Dans une maison proche, nous bûmes du vin de Hongrie avec des femmes en peignoir, allemandes, hongroises ou bohémiennes. La fête devint crapuleuse, mais je ne m'en mêlai pas.
Laquedem méprisa ma réserve. Il entreprit une Hongroise tétonnière et fessue. Bientôt débraillé, il entraîna la fille, qui avait peur du vieillard. Son sexe circoncis évoquait un tronc noueux, ou ce poteau de couleurs des Peaux-Rouges, bariolé de terre de Sienne, d'écarlate et du violet sombre des ciels d'orage. Au bout d'un quart d'heure, ils revinrent. La fille lasse, amoureuse, mais effrayée, criait en allemand:
—Il a marché tout le temps, il a marché tout le temps!
Laquedem riait; nous payâmes et partîmes. Il me dit:
—J'ai été fort content de cette fille et je suis rarement satisfait. Je ne me souviens de pareilles jouissances qu'à Forli, en 1267, où j'eus une pucelle. Je fus heureux aussi à Sienne, je ne sais plus en quelle année du XIVe siècle, auprès d'une fornarine mariée, dont les cheveux avaient la couleur des pains dorés. En 1542, à Hambourg, je fus si épris, que j'allai dans une église, pieds nus, supplier Dieu vainement de me pardonner et de me permettre de m'arrêter. Ce jour-là, pendant le sermon, je fus reconnu et accosté par l'étudiant Paulus von Eitzen, qui devint évêque de Schleswig. Il raconta son aventure à son compagnon Chrysostôme Dædalus, qui l'imprima en 1564.
—Vous vivez! dis-je.

—Oui! je vis une vie quasi divine, pareil à un Wotan, jamais triste. Mais, je le sens, il faut que je parte. J'en ai assez de Prague! Vous tombez de sommeil. Allez dormir. Adieu!
Je pris sa longue main sèche:
—Adieu, Juif Errant, voyageur heureux et sans but! Votre optimisme n'est pas médiocre, et qu'ils sont fous ceux qui vous représentent comme un aventurier hâve et hanté de remords.
—Des remords? Pourquoi? Gardez la paix de l'âme et soyez méchant. Les bons vous en sauront gré. Le Christ! je l'ai bafoué. Il m'a fait surhumain. Adieu!...
Je suivis des yeux, tandis qu'il s'éloignait dans la nuit froide, les jeux de son ombre, simple, double ou triple selon les lueurs des réverbères.
Soudain, il agita les bras, poussa un cri lamentable de bête blessée et s'abattit sur le sol.
Je me précipitai en criant. Je m'agenouillai et déboutonnai sa chemise. Il tourna vers moi des yeux égarés et parla confusément:
—Merci. Le temps est venu. Tous les quatre-vingt-dix ou cent ans, un mal terrible me frappe. Mais je me guéris, et possède alors les forces nécessaires pour un nouveau siècle de vie.
Et il se lamenta, disant:
—Oï! oï, ce qui signifie «hélas!» en hébreu.
Durant ce temps, toute la puterie du quartier juif, attirée par les cris, était descendue dans la rue. La police accourut. Il y eut aussi des hommes à peine vêtus qui s'étaient levés en hâte de leur lit. Des têtes paraissaient aux fenêtres. Je m'écartai et regardai s'éloigner le cortège des agents de police emportant Laquedem, suivis de la foule des hommes sans chapeau et des filles en peignoir blanc empesé.
Bientôt il ne resta dans la rue qu'un vieux juif aux yeux de prophète. Il me regarda avec défiance et murmura en allemand:
—C'est un juif. Il va mourir.
Et je vis qu'avant d'entrer dans sa maison, il ouvrait son manteau et déchirait sa chemise, diagonalement.

LE SACRILÈGE

Le Père Séraphin, dont le nom monastique remplaçait celui d'une illustre famille bavaroise, était grand et maigre. Il avait une peau bistrée, des cheveux blonds et des yeux d'un bleu de ruisseau. Il parlait le français sans aucun accent étranger, et, seuls, ceux qui l'entendaient dire la messe pouvaient se douter de son origine franconienne, car le père prononçait le latin à la façon des Allemands.
D'abord destiné pour l'état militaire, il avait porté l'uniforme des chevau-légers pendant un an, au sortir du Maximilianeum de Munich, où se trouve l'École des cadets.
La vie l'ayant déçu de bonne heure, l'officier s'était retiré en France dans un couvent de la Règle de saint François, et, peu de temps après, il reçut les Ordres.
Personne ne connaissait l'aventure qui avait poussé le Père Séraphin à se réfugier chez les moines. On savait seulement qu'un nom était tatoué sur son avant-bras droit. Des enfants de chœur l'avaient lu pendant que le père prêchait, et que les manches larges de son froc, couleur carmélite, retombaient. C'était un nom de femme: Elinor, qui est aussi un nom de fée dans les anciens romans de chevalerie.
Quelques années après les événements qui avaient changé un officier bavarois en un Franciscain français, la réputation du Père Séraphin comme prédicateur, théologien et casuiste parvint à Rome, où on l'appela pour le charger de la fonction délicate et ingrate d'avocat du diable.
Le Père Séraphin prit son rôle au sérieux, et, pendant son advocature, il n'y eut point de canonisation. Avec une passion que, n'eût été la sainteté du personnage, on aurait pu croire satanique, le Père Séraphin mit un tel acharnement à combattre la canonisation du Bienheureux Jérôme de Stavelot, qu'elle est abandonnée depuis ce temps-là. Il démontra aussi que les extases de la Vénérable Marie de Bethléem étaient des crises d'hystérie. Les Jésuites retirèrent d'eux-mêmes, par peur du terrible avocat du diable, la cause de béatification du Père Jean Saillé, déclaré vénérable dès le XVIIIe siècle. Quant à Juana du Llobregat, cette dentellière mayorquaise dont la vie s'est écoulée en Catalogne, et à qui la Vierge est apparue, paraît-il, au moins trente fois, seule ou accompagnée soit de sainte Thérèse d'Avila, soit de saint Isidore, le Père Séraphin découvrit dans sa vie de telles faiblesses que les évêques espagnols eux-mêmes ont renoncé a la voir déclarer vénérable, et son nom n'est plus invoqué à cette heure que dans certaines maisons de Barcelone, particulièrement mal famées.
Irrités à cause du fanatisme avec lequel le Père Séraphin salissait les mérites des défunts qu'ils honoraient, les Ordres qui avaient des intérêts dans ces saintes causes intriguèrent pour qu'il cessât son office. Et quelle victoire! Il dut retourner en France. Sa réputation étrange d'avocat du diable l'y suivit. On frémissait en l'écoutant prêcher sur la mort ou sur l'enfer. S'il élevait le bras, sa main droite, où il n'y avait que le majeur et l'annulaire, car les autres doigts manquaient, on ne sait par quelle aventure, semblait la tête cornue d'un diable nain. Les lettres bleuâtres du nom d'Elinor, illisibles de loin, paraissaient

une brûlure infernale, et, s'il prononçait à la gothique quelque phrase latine, les dévots se signaient en tremblant.

En fouillant dans la vie des futurs saints, le Père Séraphin avait pris en mésestime tout ce qui est humain; il méprisait tous les saints, se rendant compte qu'ils ne l'eussent point été, s'il eût rempli son office à l'époque de leur procès de canonisation. Bien qu'il ne l'avouât pas, le culte de dulie qu'on leur rend lui paraissait presque hérétique; aussi n'invoquait-il, autant que possible, que les personnes de la Sainte Trinité...

On ne méconnaissait point ses hautes vertus, et il était devenu le confesseur ordinaire de l'archevêque. Vivant à une époque d'anticléricalisme, le Père Séraphin ne pouvait manquer de chercher des moyens pour remédier à l'irréligion universelle. Ses méditations l'amenèrent à penser que l'intervention des saints n'avait que peu d'action auprès de la Divinité:

—Pour que le monde revienne à Dieu, se disait-il, il faut que Dieu lui-même revienne parmi les hommes.

Une nuit, s'étant éveillé, il s'étonna:

—Comment ai-je pu blasphémer? N'avons-nous pas sans cesse Dieu parmi nous? N'avons-nous pas l'Eucharistie qui, si tous les hommes s'en nourrissaient, détruirait l'impiété sur la terre?

Et le moine se leva, déjà vêtu de son froc de bure; il traversa le cloître endormi, réveilla le frère portier et quitta le couvent.

Les rues étaient sombres, les chiffonniers y semblaient des feux follets à cause de leur lanterne, et des éteigneurs de réverbères se hâtaient vers les flammes de gaz dansant encore aux carrefours.

Parfois luisait le soupirail d'une boulangerie; le Père Séraphin s'en approchait, étendait les mains et prononçait les paroles sacramentelles:

—Ceci est mon corps, ceci est mon sang..., consacrant ainsi les fournées entières.

Après l'aurore, il sentit qu'il était las et reconnut qu'il avait consacré une quantité de pain suffisante pour donner à communier à près d'un million d'hommes. Cette multitude se rassasierait de l'Eucharistie le jour même. Grâce à elle, les hommes redeviendraient bons, et, dès après midi, le règne de Dieu arriverait sur terre. Quel miracle et quelle jubilation!

Le moine passa toute la matinée dans les belles rues et se trouva vers midi près de l'archevêché. Très content de soi, il alla trouver l'archevêque, qui, justement, était à table:

—Prenez place, mon Père, dit le prélat, vous déjeunerez avec moi et vous êtes venu fort à propos.

Le Père Séraphin s'était assis, et, attendant qu'on le servît, regardait le pain qui s'allongeait sur la nappe. L'archevêque en avait coupé un quignon et le côté tranché apparaissait rond et blanc comme une hostie. L'archevêque porta à sa bouche un morceau de viande et du pain, puis il continua:

—Vous êtes venu fort à propos, j'avais besoin de votre ministère et n'ai point dit la sainte messe ce matin. Je me confesserai après ce repas.

Le moine tressaillit et regarda l'archevêque en demandant d'une voix rauque:

—Monseigneur! un péché mortel?

Mais le domestique arrivait, portant des plats fumants qu'il déposa devant le moine, auquel le prélat recommanda le silence en portant un doigt à ses lèvres. Le domestique sorti, le Père Séraphin se leva et répéta:

—Un péché mortel, Monseigneur?... et vous avez mangé du pain!

L'archevêque étonné le regardait, en roulant de petites boulettes de mie qu'il lançait vers le plafond. Il pensait:

—Quel fanatique! Je changerai de confesseur.

Le moine reprit:

—Un péché mortel, Monseigneur, et vous avez mangé du pain eucharistique?

Le prélat nia:

—Vous avez mal compris, mon Père, je vous l'ai dit, je n'ai point célébré la sainte messe ce matin.

Mais le Père Séraphin se jeta à genoux, les bras en croix, en criant:

—Je suis un grand pécheur, Monseigneur, j'ai consacré ce matin tous les pains dans toutes les boulangeries de notre ville. Vous avez mangé du pain consacré. Tant d'hommes dont beaucoup étaient en état de péché mortel ont mangé le corps de Notre-Seigneur! Le mets divin a été profané à cause de moi, prêtre sacrilège...

L'archevêque s'était dressé, terrible. Il s'écria:

—Anathème sur toi, moine!

Puis, l'ancienne fonction du Père se mêlant dans son esprit à des réminiscences classiques, il déclama:

—Advocat infame vatem dici

en prononçant spirituellement à la façon des Français du XVIe siècle:

—Avocat infâme va-t-en d'ici!

Et là-dessus, il éclata de rire.

Mais le moine ne riait pas:

—Confessez-moi, Monseigneur, dit-il, je vous confesserai ensuite.

Ils s'absolvirent mutuellement. Ensuite, sur l'avis du Franciscain coupable, les carrosses de l'archevêché furent attelés, et les domestiques, les petits abbés qui peuplent les palais épiscopaux, allèrent dans toutes les boulangeries, acheter le pain qu'ils devaient déposer au couvent du moine sacrilège.

Là, les moines étaient réunis, le Père gardien parlait:

—Qu'est devenu le Père Séraphin? Il était vertueux. Peut-être, au semblant de nos frères de jadis qui furent égarés par des oiseaux célestes et restèrent pendant des siècles en extase, reviendra-t-il dans cent ans...

Les moines se signèrent et chacun d'eux avait à citer une histoire:

—L'un des moines de Heisterbach, qui avait douté de l'éternité, suivit un écureuil dans la forêt. Il pensa y être demeuré dix minutes. Mais en revenant au couvent, il vit qu'au bord du chemin les petits cyprès étaient devenus de grands arbres...
Un autre dit:
—Un moine italien pensa n'avoir écouté qu'une minute un rossignol chanteur, mais en retournant au monastère...
Un jeune moine ergoteur ricana:
—On cite quelques aventures de cette espèce chez les Grecs, et qui sait? en ces oiseaux, au Moyen-Âge, était peut-être passée l'âme des antiques Sirènes...
À ce moment on frappa à la porte du couvent, et les petits abbés de l'archevêché entrèrent, portant, avec des précautions infinies, les pains consacrés, qui étaient de diverses formes. Il y avait des flûtes longues et minces, des pains polkas pareils à des écus ronds—fuselés d'or à cause de la croûte, et d'argent à cause de la farine saupoudrée—qu'avaient pétris des gindres ignorant l'art du blason; des petits pains viennois, pareils à des oranges pâles, des pains de ménage appelés bouleau ou fendu, selon leur aspect.
Et devant les moines chantant le Tantum ergo, les petits abbés portèrent leur fardeau dans la chapelle et empilèrent les pains sur l'autel...
En expiation du sacrilège, les prêtres et les moines passèrent la nuit en adoration. Le matin ils communièrent, et aussi les jours suivants jusqu'à consommation des Saintes-Espèces, qui les derniers jours, craquaient sous les dents, car le pain s'était rassis...
Le Père Séraphin ne reparut pas au couvent. Personne ne pourrait dire ce qu'il devint, si les journaux n'avaient rapporté la mort, à l'assaut de Pékin, d'un soldat anonyme de la Légion étrangère, sur l'avant-bras droit duquel était tatoué un nom de femme: Elinor, qui est aussi un nom de fée dans les anciens romans de chevalerie...

LE JUIF LATIN

Un matin, je dormais, vivant en un beau songe. Un violent coup de sonnette m'éveilla. Je me dressai, jurant en latin, en français, en allemand, en italien, en provençal et en wallon. Je passai un pantalon, mis des savates et allai ouvrir. Un monsieur que je ne connaissais pas, mais d'apparence correcte, me demanda un instant d'entretien...
Je fis entrer l'inconnu dans la chambre qui me sert de cabinet de travail, salon, et salle à manger, le cas échéant. Il s'empara de l'unique fauteuil. Pendant ce temps, dans la chambre à coucher, je précipitais une toilette sommaire en regardant mon réveille-matin, qui marquait onze heures. Je plongeai ma tête dans la cuvette, et, tandis que je frottais mes cheveux mouillés, le monsieur s'écria:
—Je ne suis pas un poireau!
Les cheveux en désordre, je pénétrai dans la pièce où je vis ce monsieur, penché sur un restant de pâté que j'avais oublié de cacher. Je m'excusai, demandai la permission de passer un veston, et portai le plat dans la chambre à coucher.

Lorsque je revins, le monsieur me dit en souriant:
—J'ai lu le Passant de Prague, et j'y ai vu que vous m'aimiez.
Je balbutiai sans oser nier, à cause que je m'imaginai avoir affaire à un éditeur original qui, séduit par ma littérature, venait m'en demander contre espèces. Il continua:
—Je me nomme Gabriel Fernisoun, né en Avignon. Vous ne me connaissez pas, mais vous aimez les juifs, donc vous m'aimez, car je suis juif, monsieur!
Je ris en disant que, par conséquent, il était vrai que je l'aimasse, mais Fernisoun m'interrompit, s'écriant:
—Halte-là, ne m'aimez pas. Vous êtes indécent, mon ami. Vous avez la gueule de bois, ce matin, mon pauvre, et vous osez parler d'amour!
Je me récriai, protestant que mes mœurs étaient pures et que je ne m'étais pas couché plus tard qu'à une heure du matin. Fernisoun se réinstalla dans le fauteuil. Je pris une chaise. Il parla:
—J'y consens, vous n'êtes pas amoureux; et, puisque je vous vois raisonnable, je vais élucider votre sympathie pour les juifs. Quels juifs préférez-vous?
À cette question bizarre, je répondis pour le flatter:
—Ceux d'Avignon, cher monsieur, et, parmi ceux-là, je préfère les prénommés Gabriel, nom qui se termine en el comme les paroles qui me sont les plus chères: ciel et miel.
Mots finissant en el comme les noms des anges,
Le ciel que l'on médite et le miel que l'on mange.
Fernisoun rit bruyamment et, triomphant, s'écria:
—Nous y voilà donc, Boudiou! Dites-le crûment et sans ambages, ce sont les juifs du sud de l'Europe occidentale que vous préférez. Ce ne sont pas les juifs que vous aimez, ce sont des Latins. Oui des Latins. Je vous ai dit que j'étais juif, monsieur, mais je parlais au point de vue confessionnel, à tous autres égards je suis latin. Vous aimez les juifs dits portugais qui, jadis, faussement convertis, tinrent de leurs parrains espagnols ou portugais des noms espagnols ou portugais. Vous aimez les juifs dont les noms sont catholiques comme Santa-Cruz ou Saint-Paul. Vous aimez les juifs italiens et ceux français, dit Comtadins. Je vous l'ai dit, monsieur, je suis né en Avignon et issu d'une famille y établie depuis des siècles. Vous aimez les noms comme Muscat ou Fernisoun. Vous aimez des Latins et nous sommes d'accord. Vous nous aimez parce que, Portugais et Comtadins, nous ne sommes pas maudits. Non, nous ne le sommes pas. Nous n'avons pas trempé dans le crime judiciaire accompli contre le Christ. La tradition en fait foi, et la malédiction ne nous atteint pas!...
Fernisoun s'était dressé, rouge et gesticulant, tandis que, resté assis, je le regardais bouche bée. Il se calma, regarda autour de soi et me dit, avec une moue de dédain:
—Vous êtes bien mal installé, Boudiou! Au demeurant, je m'en bats l'œil. Mais, enfin, vous devriez posséder quelque boisson délicate. Vos visiteurs vous en sauraient gré.
J'allai à la cheminée, en soulevai le manteau, et pris dans les cendres un flacon de vieille liqueur aux poires bergamotes. Fernisoun le déboucha tandis que je lui cherchais une tasse. En même temps, je lui vantai la finesse de cette liqueur que je tenais d'un

distillateur de Durckheim, dans le le Palatinat. Sans m'écouter, il remplit sa tasse jusqu'au bord et la vida d'un trait. Ensuite, il secoua soigneusement les dernières gouttes sur le parquet tandis que je m'excusais:

—Vous auriez préféré un bol?

Fernisoun ne daigna pas répondre sur ce point. Il continua:

—Et puis, au fait, vous avez raison, vous, Latins, de nous aimer, nous juifs latins. Car nous appartenons aux races latines autant que les Grecs et les Sarrazins de Provence et de Sicile. Nous ne sommes plus des métèques, pas plus que tous les individus hétérogènes que les grandes invasions ont fait se mêler aux Romains de l'empire. Nous sommes, en outre, les meilleurs propagateurs de la latinité. Dans la plupart des milieux juifs de Bulgarie et de Turquie, quelle langue parle-t-on, sinon l'espagnol?

Fernisoun but une nouvelle rasade de liqueur aux poires bergamotes, puis, fouillant dans son gilet, il en tira un cahier de papier à cigarettes. Il me demanda du tabac. Je lui en tendis avec des allumettes. Fernisoun roula une cigarette, l'alluma et, jetant triplement de la fumée par la bouche et les narines, il reprit:

—En somme, qu'est-ce qui a fait la différence des juifs et des chrétiens? C'est que les juifs espéraient un Messie, tandis que les chrétiens s'en souvenaient. Nietszche s'était approprié l'idée juive. Combien de Latins se sont imprégnés de l'idée de Nietszche et espèrent ce surhumain peu messianique, duquel proclame la venue le Zarathoustra, emprunté au Vendidad, où il célèbre la parole sainte, la très brillante, le ciel qui s'est produit soi-même, le temps infini, l'air qui agit là-haut, la bonne loi mazdéenne, la loi de Zarathoustra contre les Daévas! Nous, juifs latins, nous n'avons plus d'espoir. Les Prophètes nous avaient promis le bonheur matériel: nous l'avons. La France, l'Italie, l'Espagne, ne nous traitent plus en étrangers. Nous sommes libres. Aussi, n'ayant plus rien à désirer, nous n'espérons plus, et j'y consens; le Messie est venu pour nous comme pour vous. Et je puis l'avouer: Au fond du cœur je suis catholique. Pourquoi? demanderez-vous. À cause qu'il n'y a plus de religion hébraïque en France. Les juifs russes, polonais, allemands, ont conservé une religion extérieure. Leurs rabbins connaissent, enseignent et fortifient la religion. Nous autres, nous mangeons des rôtis cuits au beurre, nous bâfrons de la cochonaille, sans nous soucier de Moïse ni des Prophètes. Pour moi, j'adore les buissons d'écrevisses des soupers galants, et j'ai même un faible pour les escargots. L'hébreu? c'est à peine si la plupart d'entre nous le savent lire au moment d'être Barmitzva. Nos savants hébraïsants font sourire les rabbins étrangers; et la traduction française qui existe du Talmud est, au dire des juifs allemands ou polonais, un monument de l'ignorance des rabbins de France. Donc, j'ignore la religion juive, elle est abolie comme le paganisme, ou plutôt, non, de même que le paganisme, elle survit dans le catholicisme qui m'attire par ses théophanies surtout. Le judaïsme alexandrin ne fit plus cas des théophanies mosaïques. Elles parurent à cette époque fabuleuses et grossières. Le catholicisme a fait de la théophanie des dogmes divers. Ce miracle se renouvelle chaque jour à la messe. L'histoire du Sacré-Cœur fait

délirer mon âme ancienne de juif latin, épris des théophanies et des anthropomorphismes. Je suis catholique, sauf le baptême.
—C'est fort simple, dis-je, faites-vous baptiser. Le baptême est un sacrement que n'importe qui peut vous administrer: homme, femme, juif, protestant, bouddhiste, mahométan.
—Je le sais, dit Fernisoun, mais je ne veux m'en servir que plus tard. En attendant, je m'amuse.
—Ah! Ah! les effets du baptême sont d'effacer tous les péchés. Comme on ne peut en user qu'une seule fois, vous voulez retarder le plus possible cet instant.
—Vous y êtes. Je n'espère plus le Messie, mais j'espère le Baptême. Cet espoir me donne toutes les joies possibles. Je vis pleinement. Je m'amuse superbement. Je vole, je tue, j'éventre des femmes, je viole des sépultures, mais j'irai en paradis, car j'espère le Baptême et l'on ne dira pas le Kadosch pour ma mort.
J'insinuai:
—Vous exagérez peut-être. Je vous crois trop imbu de certaine littérature. Mais, prenez garde, la mort vient comme un voleur, à pas de loup, à l'improviste, et si j'avais ce bonheur que vous avez d'être croyant, j'ajouterais que l'enfer est pavé de bonnes intentions. Au fait, quels livres lisez-vous?
—Cela vous intéresse-t-il? Voici ma bibliothèque; elle est édifiante.
Il sortit de sa poche deux livres fatigués, que je pris. Le titre du premier bouquin était: Catéchisme du diocèse d'Avignon; celui du second: Les Vampires de la Hongrie, par Dom Calmet. Ce dernier titre m'effraya plus que n'avait pu le faire la déclaration criminelle du juif latin. Je compris qu'il ne se vantait point, et qu'érudit et sanguinaire, l'homme à qui j'avais affaire était un maniaque du meurtre. Je regardai rapidement autour de moi, en l'espoir de découvrir une arme pour me défendre au cas où Fernisoun ferait le forcené. Je vis sur une étagère, à portée de ma main, un petit revolver à parfumerie qui, détérioré et sans valeur, aurait dû être jeté depuis longtemps. Cet objet me sauva la vie en l'occurrence, car Fernisoun, profitant de ce que je détournais les yeux, avait tiré un couteau passé à sa ceinture, sous ses vêtements. Je laissai tomber les livres et saisis précipitamment la minuscule et illusoire arme à feu que je braquai sur le juif latin. Il pâlit et trembla de tous ses membres, implorant:
—Grâce, vous vous méprenez!
Je criai:
—Assassin! va perpétrer ailleurs des crimes que tu crois pardonnables! Mes principes ne me permettent point de te dénoncer, mais je souhaite que, dès ce soir, tes sauvageries trouvent un châtiment. Ta lâcheté, j'espère, limite le nombre de tes victimes, et ta loquacité te signalera à la police. Il y a des juges à Paris et, si tu reçois le Baptême, que ce soit avant de monter à l'échafaud!
Durant que je parlais, Fernisoun ramassa ses livres et, se relevant, me demanda fort civilement pardon pour m'avoir effrayé. Je lui ordonnai de m'abandonner son couteau

qui était une lame catalane très dangereuse. Il obéit, puis sortit toujours menacé par le ridicule petit revolver à parfumerie que je n'avais pas lâché.
Le soir, par économie, je soupai chez moi, de charcuterie et du restant de pâté sur lequel Fernisoun s'était penché. Je n'avais aucune idée du danger que je courais. Mais je connus bientôt la noirceur d'âme du juif latin. Je fus pris de douleurs d'entrailles intolérables. Le pâté était empoisonné. Fernisoun l'avait arrosé ou saupoudré avec quelque drogue infecte qui m'aurait tué en peu d'heures, si je n'avais bu une burette d'huile, puis une fiole de glycérine. Je provoquai des vomissements salutaires. Je courus acheter du lait et, par bonheur, je m'en tirai sans médecin.
Les jours suivants, les journaux se trouvèrent remplis par les récits de crimes sensationnels commis sur des femmes dans tous les coins de Paris. L'une d'elles fut trouvée nue, tendue comme un drapeau flottant, et fichée sur un pieu planté au milieu du boulevard de Belleville. Des enfants, des vieillards furent égorgés. On remarquera qu'il ne s'agissait que d'êtres faibles. Des passants, hommes ou femmes, dans la foule qui se presse sur les boulevards à la tombée de la nuit, eurent la cuisse ou le bras entaillés par un rasoir qui, d'un seul coup, pénétrait les vêtements, puis la chair. Le rasoir taillait sans douleur et les malheureux ne tombaient, baignés dans leur sang, qu'au bout de quelques pas. Les assassins demeurèrent inconnus. On attribua les premiers crimes aux bandes d'Apaches et autres tatoués qui effrayent nos âmes meilleures, et désolent ceux qui croient à la perfectibilité humaine. Les autres forfaits furent mis sur le compte d'un de ces maniaques qui pullulent et qui ne ressortissent pas à la Cour d'assises, mais à la Salpêtrière. Je fus souvent tenté de dénoncer l'auteur de tous ces crimes. Car je me doutais bien que c'était le catéchumène Gabriel Fernisoun qui agissait en l'attente du baptême. L'égoïsme triompha. J'avais échappé au monstre, je le laissai agir sans le dénoncer.
... Au bout de quelques mois, je me trouvai avec une de ces bandes hétéroclites qui fréquentent les tavernes du quartier latin. Nous étions à la Lorraine, attablés devant des absinthes que nous troublions méthodiquement. Il y avait là, avec moi, un de ces petits journalistes qui écrivent de vagues chroniques en troisième page de canards mi-morts, donnent des échos aux grands quotidiens, et quémandent, dans les maisons de commerce, des commandes de publicité. Il y avait aussi, en casquette et manteau de peau de phoque, un de ces chauffeurs qui fréquentent tous les fabricants de l'avenue de la Grande-Armée, ont toujours quelque auto à vendre, étant sans cesse sur le point d'en acheter, connaissent à fond les autos de toutes marques, et vous tapent de cent sous à l'occasion. Il y avait un élève de l'École des Beaux-Arts et un fonctionnaire des Colonies récemment revenu de la Martinique. Il avait raconté pour la troisième fois l'éruption du Mont-Pelé. Le journaliste parlait de faire un poker. L'élève des Beaux-Arts bâilla en exprimant le désir de jouer avec le joker. Le chauffeur dit:
—Voilà Philippe!
Philippe, étudiant douteux mais chic, très beau garçon, arrivait avec la grande Nella. Celle-ci était une assez belle brune. Son corset descendant très bas, selon la mode, la

faisait paraître stéatopyge, mais la proéminence était illusoire; ceux qui connaissaient Nella intimement lui déniaient la callipygie. Philippe nous serra la main, se défit de son chapeau et de son raglan, arrangea sa coiffure, sa cravate, et s'assit en face de Nella, à la table voisine. Il commanda un chambéry-fraisette pour soi et un quinquina pour Nella. Puis, se tournant vers nous, il déclara:

—J'en ai une bonne! Nella veut se faire religieuse.

Le chauffeur cria:

—Il n'y a plus de congrégations.

Le journaliste dit qu'il fallait une forte dot. Nella affirma:

—Je veux me faire Petite Sœur des Pauvres.

Nous rîmes bruyamment, puis demandâmes en chœur:

—Et pourquoi?

Philippe ricana:

—C'est une histoire à dormir debout. Voyons, raconte ça, Nella.

—La barbe! dit Nella.

Mais, sur nos instances, elle se décida:

—Voilà! J'avais eu affaire, rue de la Pépinière, près de la place Saint-Augustin, et je revenais par le boulevard Malesherbes en l'intention de prendre l'omnibus à la Madeleine. Tout à coup, au coin de la rue des Mathurins, un homme se dressa devant moi en criant: «Madame ou mademoiselle, je suis juif. Je vais mourir, baptisez-moi!» J'avais peur, il était près de minuit. Je voulus courir, mais le monsieur, qui haletait, s'accrocha à mon bras en me suppliant: «Je suis un grand criminel! Mon dernier crime, le plus exécrable, est que je viens de m'empoisonner. Tout à l'heure, j'ai pensé qu'après tout il se pourrait que je mourusse sans baptême, et j'ai voulu finir par un suicide qui me laisserait encore le temps de me faire baptiser. Je me repens, madame, et je vous supplie. Il y a de l'eau dans le ruisseau, au bord du trottoir. Vous n'avez qu'à m'en verser sur la tête, en disant: Je te baptise au nom du Père, du Fils et du Saint-Esprit. Pressez-vous, le poison fait son œuvre et je me sens mourir.» Des passants s'étant arrêtés, nous regardaient curieusement. Le monsieur sentait les forces lui manquer, il se coucha sur le trottoir. J'eus pitié de ce moribond qui m'implorait. Avec ma main, je puisai de l'eau qui stagnait dans le ruisseau et je baptisai ce juif comme il m'avait demandé, tandis qu'il criait douloureusement: «Mea culpa! mea culpa!» À ce moment, des agents survinrent. Le nouveau baptisé délirait: «Je suis chrétien!... Oh! que je souffre... À boire... Le ciel s'ouvre...» Et il mourut en se convulsant, pendant que les agents l'emportaient. Je dus les suivre au poste. Cette affaire m'a occasionné quelques démarches chez le commissaire de police. On en a un peu parlé dans les journaux, mais d'autres événements plus importants prennent en ce moment l'attention du public et je n'ai pas eu la réclame qu'un moment j'avais espérée. Le juif s'appelait Gabriel Fernisoun. On trouva sur lui un testament par lequel il laissait sa fortune à l'archevêque de Paris, à charge pour lui de l'employer à hâter la conversion des juifs, fait qui doit se produire peu avant la fin du monde. En attendant, il m'a convertie, moi. Je n'aurai plus de repos avant de m'être faite Petite Sœur des Pauvres et cela ne tardera pas. Figurez-vous que tous ceux qui ont approché le cadavre de Fernisoun, ont été étonnés de la bonne odeur qu'il exhalait. Le commissaire m'a dit que les médecins peuvent expliquer ce fait qui se produit quelquefois. Pour moi, je trouve cela miraculeux. De plus, des deux agents qui portèrent le cadavre au poste, l'un avait ri, pensant avoir affaire à un ivrogne. Il mourut d'une rupture d'anévrisme, le lendemain. Le second avait essuyé avec son mouchoir la bave qui vint aux lèvres de l'agonisant, puis il lui avait fermé les yeux. Il vient de faire un héritage qui le fait riche pour le reste de sa vie. Je tiens ces faits de ce dernier agent que je revis chez le commissaire de police.

Cette histoire avait ennuyé tout le monde. Le journaliste était parti des premiers en disant qu'il ferait un écho au sujet de Fernisoun et de Nella. Mais je pense qu'il y renonça, l'histoire étant trop cléricale et digne des Bollandistes. Le chauffeur, l'élève des Beaux-Arts, avaient payé leurs consommations, puis étaient partis sans rien dire. Philippe avait demandé un jacquet, et je partis enfin, assez triste, laissant la convertie et son amant aux délices du jacquet.

Le lendemain, je vis un de mes amis qui est prêtre. Je lui racontai l'histoire de Fernisoun par le détail, depuis la visite qu'il me fit jusqu'aux phénomènes qui suivirent son décès. Le prêtre m'écouta attentivement, et me dit:

—Ce Gabriel Fernisoun est certainement en paradis. Le baptême l'a lavé de tous ses péchés, et c'est, mêlé à la troupe des Innocents, qu'il vaque à l'adoration perpétuelle. Il grossit le nombre des saints aémères que l'Église honore le jour de la Toussaint.

Je quittai mon ami là-dessus. Mais j'appris, depuis, qu'avec l'assentiment de l'archevêque, qui vient d'hériter de la très grosse fortune de Fernisoun, il établit un dossier sur le cas bizarre et édifiant de ce juif qui, ayant vécu en criminel, fut sauvé parce qu'il eut la foi. Ce prêtre a obtenu les dépositions écrites de l'agent, de Nella, du commissaire de police. Je lui ai promis la mienne.

Dans cinquante ans, le procès de canonisation de Gabriel Fernisoun viendra à Rome. L'avocat de Dieu aura le beau rôle. Durant la minute qui se passa entre son baptême et sa mort, Fernisoun ne fut qu'édifiant et admirable, et sa vie précédente, lavée dans l'eau baptismale, ne compte pas au point de vue religieux. Les miracles opérés par son cadavre paraîtront incontestables. La science est ridicule qui essaye d'expliquer par des moyens naturels la bonne odeur exhalée par un corps mort. De plus, ce cadavre opéra une conversion. Car Nella, poussée, il est vrai, par le prêtre, est, en effet, devenue une religieuse et édifie ses compagnes de couvent à cette heure. Les deux miracles accomplis sur les agents sont patents. Les incrédules peuvent invoquer le hasard à propos de mort subite et d'héritage inattendu, mais le hasard n'a rien à faire dans les procès de canonisation. La seule chicane dont l'avocat du diable pourra tirer parti, portera sur l'eau ayant servi au baptême. L'onde des ruisseaux parisiens est rarement claire. Comme Fernisoun fut baptisé non loin d'une station de voitures, l'avocat du diable insinuera que cette eau ne fut peut-être que du pissat de cheval. Si cette opinion prévaut, il sera avéré que Gabriel Fernisoun n'a jamais été baptisé et, en ce cas, mon Dieu! nous savons tous que l'enfer est pavé de bonnes intentions.

L'HÉRÉSIARQUE

Le monde anglo-saxon s'intéresse aux questions religieuses. En Amérique surtout, de nouvelles religions issues du christianisme surgissent chaque année et recrutent nombre d'adhérents.

Au contraire, les réformateurs et les prophètes laisseraient la Catholicité fort indifférente. En effet, elle ne se soucie plus du fond de sa religion. Aussi est-il bien rare que se produisent de ces petites dissensions théologiques qui amenaient autrefois la fondation d'une hérésie. À la vérité, il arrive souvent que des prêtres catholiques se séparent de l'Église. Ces fuites sont dues à la perte de la foi. Beaucoup de ces prêtres s'en vont à cause de leurs opinions spéciales sur des points de morale ou de discipline (le mariage des ecclésiastiques, etc.). Les défroqués sont pour la plupart des incroyants; quelques-uns pourtant créent un petit schisme. Mais il n'y a plus d'hérésiarque véritable—comme Arius, par exemple. Il peut exister quelque turlupin solitaire, tandis qu'il semble impossible qu'un éliésaïte surgisse.

Pour ces raisons, le cas de Benedetto Orfei qui, à la fin du XIXe siècle, fonda à Rome l'hérésie dite des Trois-Vies, est unique, à mon sens.

À partir de 1878, le R. P. Benedetto Orfei fut, à Rome, le représentant près de l'État de son Ordre expulsé. Le père Benedetto Orfei était théologien et gastronome, pieux et gourmand. Il était fort bien en cour pontificale, et, n'eussent été ses actes ultérieurs, il serait aujourd'hui cardinal, c'est-à-dire papable. Cet homme si bien fait pour devenir un calme pourpré, se perdit en prétendant fonder une hérésie. À la suite de son excommunication, il s'était retiré dans une villa de Frascati. Il y pontifiait, ayant pour fidèles ses domestiques, deux pieuses dames, et quelques enfants campagnards auxquels il enseignait le rudiment. À son sens, il préparait ainsi une secte glorieuse destinée à remplacer le catholicisme. Comme tout hérésiarque, il repoussait le dogme de l'Infaillibité papale, et jurait que Dieu lui avait donné des pouvoirs de réforme sur son Église. J'imagine que si Benedetto Orfei était devenu pape, et que l'idée de son hérésie ne lui eût été inspirée qu'à ce moment, il se serait au contraire servi du dogme de l'Infaillibilité pour obliger les catholiques à croire en sa doctrine, que nul n'aurait alors niée sans être hérétique.

Je visitai Benedetto Orfei par une douce après-midi de mai. L'hérésiarque était assis dans un fauteuil moelleux. Sur sa table s'étalaient des papiers—probablement des brefs ou encycliques,—Il me reçut fort civilement et fit servir, pour m'honorer, de vieux flacons de vino santo et certaines confiseries romaines ou siciliennes: des noix confites dans du miel, une sorte de pâté fait de pâte de fondant aux trois parfums de rose, de menthe et de citron, où étaient enfouis des morceaux de fruits confits (écorces d'orange, cédrats, ananas), de la pâte de coing très douce appelée cotogniata, une autre pâte nommée cocuzzata, et une sorte de crêpes de pâte de pêche que l'on nomme persicata. Il exigea que je goûtasse au vino santo et le dégusta avec moi, non sans donner des marques de satisfaction réelle: hochements de tête, agitation d'une gorgée de vin dans la bouche avec mouvements appropriés des lèvres et des joues, léger frottement de la main gauche sur l'estomac. Je m'aperçus bientôt que ce bon hérésiarque était sourd. Comme il savait que je venais le visiter afin de prendre des notes destinées à élaborer dans la suite un essai sur son hérésie, je le laissai parler sans jamais l'interrompre.

Benedetto Orfei, qui était originaire d'Alessandria, en parlait volontiers le dialecte. Son discours était émaillé de paroles grasses, presque obscènes, mais étonnamment expressives. C'est le fait des mystiques d'employer de telles paroles, le mysticisme touche de près l'érotisme. Malgré l'intérêt que pourraient avoir certaines expressions pour les philologues, je n'insisterai pas sur ce côté de l'esprit d'Orfei. Ma science très superficielle des dialectes italiens ne m'a d'ailleurs pas permis de tout comprendre, et je n'ai saisi le sens de nombre de mots que grâce à la mimique qui accompagnait les discours de l'hérésiarque.

Voici comment Benedetto Orfei me raconta ce qu'il nommait sa conversion illuminatrice:

—Je m'étais occupé tout le jour de l'hypostase. Le soir venu, après avoir dit ma prière, je me couchai et commençai le rosaire. En même temps je méditais sur les mystères de la Religion. Je songeais à la bonté du Fils de Dieu, qui, pour effacer la tache originelle, se fit homme et mourut sur la Croix, supplice infamant, entre deux larrons. Une phrase qui prit la forme d'un refrain populaire vint chanter en mon esprit:

«Ils étaient trois hommes
Sur le Golgotha,
De même qu'au ciel
Ils sont en Trinité.»

Ici l'hérésiarque s'arrêta, ému, versa du vin dans nos deux verres, et but, d'un air triste bientôt dissipé, la contenu du sien, sans négliger les frottements de main sur la panse, agitations de visage, exclamations sur le velouté du vieux vin. Il m'obligea à goûter de la cocuzzata et continua ainsi:

—Le refrain divin chanta dans mon âme jusqu'à l'heure où je m'endormis. Mon sommeil fut profond, et le matin, à l'heure des songes véridiques, je vis le ciel ouvert. Parmi les chœurs des hiérarchies d'Assistance, d'Empire et d'Exécution, et plus hauts que le chœur des Séraphins, qui est le plus élevé, trois crucifiés s'offrirent à mon adoration. Ébloui de la lumière qui entourait les crucifiés, je baissai les yeux et vis la troupe sainte des Vierges, des Veuves, des Confesseurs, des Docteurs, des Martyrs adorant les crucifiés. Mon Patron, saint Benoît, vint à ma rencontre, suivi d'un ange, d'un lion, d'un bœuf, tandis qu'un aigle volait au-dessus de lui. Il me dit: «Ami, souviens-toi!» En même temps, il dressa sa main droite vers les crucifiés. Je remarquai que le pouce, l'index et le majeur de cette main étaient étendus, tandis que les deux autres doigts étaient repliés. Au même instant les Chérubins agitèrent leurs encensoirs, et un parfum, plus suave que celui du plus pur des encens minéens, se répandit dans l'air. Je vis alors que l'ange escortant mon saint Patron portait un ciboire d'or, d'un travail admirable. Saint Benoît ouvrit le ciboire, y prit une hostie, qu'il divisa en trois parties, et je communiai triplement d'une seule hostie, dont le goût devait être plus exquis que celui de la manne que savourèrent les Hébreux dans le désert. Une musique ravissante de luths, de harpes et autres instruments célestes, tenus par des Archanges, se fit entendre et le chœur des Saints chanta:

Ils étaient trois hommes
Sur le Golgotha,
De même qu'au ciel
Ils sont en Trinité.

«Je m'éveillai. Je compris que ce rêve était un événement grave dans ma vie et pour les hommes. L'heure à laquelle il s'était produit ne me laissait guère de doute sur la véracité d'un tel songe. Néanmoins, comme il renversait les croyances sur lesquelles repose le christianisme, j'hésitai à en faire part au pape. La nuit suivante, je vis en songe matinal, au milieu de deux femmes, la Très Sainte Vierge, leur disant: «Vous aussi êtes mères de Dieu, mais les hommes ne connaissent pas votre maternité!» Et je m'éveillai, tout en nage. Je n'avais plus aucune hésitation. Je récitai tout haut la doxologie. Je fus dire la messe à Sainte-Marie-Majeure, puis j'allai au Vatican demander une audience au Saint-Père qui me l'accorda. Je lui fis le récit de ce qui s'était passé. Le pape m'écouta en silence et médita un instant après m'avoir entendu. Sa méditation finie, il me dit sévèrement de cesser toute étude théologique, de ne plus songer à des choses ridicules et impossibles qu'un démon avait seul suscitées en moi. Il m'enjoignit de revenir le visiter au bout d'un mois. Je m'en fus peiné et honteux. Je rentrai dans mon couvent désert et pleurai. Le refrain sacré: Ils étaient trois hommes, revint chanter en mon âme. Je le repoussai de toute ma volonté, comme une tentation. Je m'humiliai devant Dieu.

«Pendant un mois, je suivis un jeûne rigoureux et pratiquai les douze mortifications recommandées par le contemplatif Harphius au livre II de sa Théologie mystique. Je me mortifiai surtout selon les cinq dernières: mortification de toute curiosité de l'entendement, mortification de tout scrupule de cœur, mortification de toute impatience inquiète de l'âme, mortification de toute volonté, et pratique de la résignation à supporter, pour l'amour de Dieu, tout abandon. Au bout du mois, après ces pénitences, la conviction qui m'était venue si fortuitement s'était renforcée dans mon âme, et je fus retrouver le Saint-Père qui, très affectueusement, me demanda si j'avais abandonné les chimères que le démon de l'hérésie m'avait inspirées. Pour lui répondre, il ne me vint que ces paroles: Ils étaient trois hommes... «Hélas! s'écria le pape, cet homme est possédé!» Je me mis à genoux alors. Je parlai de mes mortifications et suppliai le pontife de m'exorciser. Les larmes aux yeux, il m'affirma que Dieu me saurait gré de cette humiliation volontaire; puis il m'exorcisa selon les rites. Je partis ensuite, sans insister, car j'étais bien assuré que mes pensées n'étaient pas d'inspiration diabolique mais divine, puisqu'aucun exorcisme n'avait prévalu contre elles.»

L'hérésiarque cessa de parler, fit son manège accoutumé, but son vino santo, médita un moment, les yeux au plafond, et, renversé sur le dossier de son fauteuil, fit tourner, l'un autour de l'autre, ses pouces rapprochés sur son ventre. Il reprit ainsi:

—Le lendemain, j'écrivis au pape, lui faisant part de ma conviction et le priant, puisqu'il était le chef de la religion, de proclamer la vérité que j'avais apprise si miraculeusement. J'ajoutai qu'il n'y avait pas d'infaillibilité qui pût rendre mensonger ce qui était vrai, et que, par conséquent, je me séparerais de l'Église, au cas où il préférerait les anciennes erreurs à l'évidence nouvelle. Pour réponse, on m'excommunia. Alors, ayant abandonné mon Ordre, et riche des biens que je lui avais apportés, je vins me réfugier dans cet asile de paix où, jeté hors du giron de l'Église catholique, je place les fondements de la nouvelle religion. J'inaugurai la véritable communion triple en une hostie renfermant les trois corps humains d'un seul Dieu en Trois Personnes. Car la vérité est celle-ci: la Trinité se fit hommes. Il y eut trois incarnations. Les Trois Personnes du seul Dieu souffrirent, le même jour, la Passion nécessaire pour le rachat de l'Humanité. Le larron de droite était Dieu le père. On le remarque aisément par les paroles de sollicitude qu'il eut sur la Croix pour son Fils bien-aimé. Sa vie fut triste et patiente. Il souffrit injustement d'être pris pour un larron qu'il n'était pas. Étant tout puissant et infiniment majestueux, il ne voulut avoir aucun disciple. Le Christ, qui mourut entre les Larrons divins, était le Verbe et, l'étant, fut le Législateur. Ce sont ses paroles et ses actes qui devaient être transmis au monde pour lui être un enseignement. Il en fut ainsi. Le larron du gauche était le Saint-Esprit, le Paraclet, l'éternel Amour qui, devenu homme, voulut être pareil à l'amour humain qui est infâme. Il fut larron réel et souffrit justement. Voici le mystère en toute sa sainteté: Dieu se fit homme. Dieu le père incarné souffrit pour exercer sur soi sa toute-puissance et s'humilia jusqu'à rester inconnu et sans histoire. Dieu le fils incarné souffrit pour attester la vérité de son enseignement et donner l'exemple du martyre. Il souffrit injustement mais glorieusement pour frapper l'esprit des hommes. Dieu le Saint-Esprit voulut souffrir justement. Il s'incarna dans les pires faiblesses humaines, et s'abandonna à tous les péchés par compassion et amour profond pour l'Humanité. Voici la vérité:

Ils étaient trois hommes
Sur le Golgotha
De même qu'au ciel
Ils sont en Trinité.

C'est ainsi que Benedetto Orfei me raconta l'histoire de son hérésie et me développa sa doctrine. Emporté par son récit, il avait oublié de boire. Aussitôt son discours terminé, il allongea la main droite, tout en restant renversé dans son fauteuil, saisit une crêpe de persicata, qu'il roula soigneusement, et en fit une bouchée. Puis, s'étant versé du vino santo, il le but, mais maladroitement, car persicata et vino santo dévièrent dans son gosier. Il avala de travers, et ce fut une explosion par la bouche et le nez. L'hérésiarque, rouge à éclater, toussa cinq bonnes minutes. Il eut besoin de se moucher. Comme il n'usait pas de tabac, au lieu d'un énorme mouchoir de couleur, il sortit un petit mouchoir de batiste blanche, fort peu ecclésiastique. Cette élégance m'étonna. Il reprit haleine en respirant bruyamment, non sans m'indiquer du doigt le cotignac pour m'inviter à en prendre.

Il me confessa ensuite que la religion catholique était pourrie, étant trop vieille, et que le pape craignait d'y toucher de peur que tout ne s'écroulât. Il fut même plus expressif, et, employant son dialecte natal, il ajouta:

—L'è cmè ra merda: pï a s'asmircia, pï ra spissa.

Lorsque je me levai pour prendre congé, l'hérésiarque voulut m'accompagner jusqu'à la porte.

Au moment où il se leva, sa soutane, sorte de robe monacale de bure noire, s'ouvrit et je vis qu'en dessous l'hérésiarque était nu. Son corps velu était sillonné de marques de flagellation. Une ceinture rugueuse, hérissée de piquants de fer, qui devaient déterminer d'insupportables souffrances, entourait sa taille. Je vis encore d'autres choses, mais elles sont de telle nature que je ne peux les décrire. Toute cette nudité, à vrai dire, ne m'apparut qu'un instant. L'hérésiarque referma aussitôt sa soutane dont il noua la cordelière, et, souriant, m'invita à passer dans la pièce voisine qui était la bibliothèque. J'étais stupéfait de voir que cet homme donnait de tels châtiments à sa chair et satisfaisait en même temps sa sensualité gourmande. Je méditai sur ces contrastes en passant dans la bibliothèque, où je vis, convenablement rangés sur des rayons, des livres de toute sorte que l'hérésiarque m'invita à regarder. Il y avait là, mêlés, des volumes précieux ou vulgaires, de théologie, de philosophie, de littérature et de sciences. C'étaient des livres et des manuscrits anciens et modernes sur papier ou parchemin. Je remarquai les œuvres d'Aristote, de Galien, d'Oribase, la Syphilis de Fracastor, la Sagesse de Charron, le livre du jésuite Mariana, les contes de Boccace, de Bandello, du Lasca, Saint Thomas, Vico, Kant, Marcile Ficin, le diadème des Moines de Smaragdus et d'autres. Je quittai ensuite l'hérésiarque, que je n'ai plus revu.

À quelque temps de là, j'appris que venait de paraître: l'Évangile véridique, de Benedetto Orfei, traduit en langue vulgaire, contenant la vie de Dieu le père, premier des deux évangiles parallèles aux évangiles canoniques. Je me procurai le livre, qui était fort court. Il ne contenait rien de précis sur la vie de la première personne de Dieu. On y apprenait que l'on ne savait rien de la naissance de Dieu le père. De sa vie, on ne savait presque rien, sinon qu'il fut juste, obscur et sans amis. Son existence était mêlée à celle de deux autres personnes de la Trinité, et c'est en essayant de détourner Dieu l'Esprit-Saint d'un crime que celui-ci commettait, qu'il fut pris avec lui et condamné injustement. Chacune des paroles qu'il échangea au lieu du supplice avec Jésus et le mauvais larron, faisait l'objet d'un chapitre où elle était commentée. C'était en effet le seul moment bien connu de sa vie, et encore l'hérésiarque en avait-il emprunté le récit aux évangiles synoptiques. Après la mort de Dieu le père, tout redevenait mystérieux. On ne savait plus rien, ni de sa résurrection et ascension, probables, mais inconnues. L'ouvrage avait été, paraît-il, écrit en latin, traduit aussitôt en italien et publié. Le manuscrit latin sur parchemin doit encore exister.

L'année suivante, Benedetto Orfei fit paraître le second évangile parallèle aux évangiles canoniques ou Évangile du Saint-Esprit. Comme celle de Dieu le père, sa vie était peu connue. Mais, tandis que du Père éternel on ne connaissait que sa mort, on savait du Saint-Esprit qu'il viola, un jour, une vierge endormie. Ce stupre avait été l'opération du Saint-Esprit de laquelle était né Jésus. On insistait aussi sur les paroles prononcées sur la croix, puis le mystère se faisait après l'instant où les soldats eurent brisé les jambes des deux larrons. Ce volume, à la vérité fort beau et d'une grande élévation de pensée par certains endroits, contenait des passages d'une telle crudité que les autorités italiennes le firent saisir comme livre obscène; aussi est-il introuvable.
Les exemplaires du premier évangile, ou Vie de Dieu le père, sont d'ailleurs fort rares eux-mêmes: soucieuse de les détruire, la cour pontificale en avait acheté la plus grande partie.
L'hérésie des Trois-Vies ne se répandit pas. Benedetto Orfei mourut au seuil du siècle. Ses quelques disciples se dispersèrent, et il est probable que l'enseignement de l'hérésiarque aura été vain, qu'il n'en sortira rien, et que nul ne songera à le reprendre.
Un prêtre qui avait beaucoup connu Benedetto Orfei, et qui avait souvent essayé de lui faire abjurer ce que les catholiques appelaient ses erreurs, m'a raconté la fin de l'hérésiarque. Il mourut, à ce qu'il sembla, des suites d'une indigestion, mais son corps fut trouvé tout couvert de plaies résultant des tortures qu'Orfei s'imposait; si bien que les médecins hésitèrent à attribuer son décès à sa gourmandise ou à ses mortifications.
La vérité est que l'hérésiarque était pareil à tous les hommes, car tous sont à la fois pécheurs et saints, quand ils ne sont pas criminels et martyrs.

L'INFAILLIBILITÉ

Le 25 juin 1906, le cardinal Porporelli achevait de dîner lorsqu'on lui annonça la visite d'un prêtre français, l'abbé Delhonneau. Il était trois heures de l'après-midi. L'implacable soleil qui exalta la ruse triomphatrice des anciens Romains et qui échauffe avec peine la froide rouerie de ceux de nos temps, s'il laissait tomber des rayons insoutenables sur la place d'Espagne où s'élève le palais cardinalice, respectait l'appartement de Mgr Porporelli. Des persiennes entretenaient une fraîcheur agréable et un demi-jour presque voluptueux.
L'abbé Delhonneau fut introduit dans la salle à manger. C'était un prêtre morvandiau. Son aspect têtu n'allait point sans analogie avec celui des Peaux-Rouges.
Autunois, il aurait dû naître dans l'enceinte celtique de l'ancienne Bibracte, sur le mont Beuvray. Il y a encore à Autun, ville d'origine gallo-romaine, et aux environs, des Gaulois dans les veines desquels il ne coule point de sang latin, et l'abbé Delhonneau était de ce nombre.
Il s'approcha du prince de l'Église et lui baisa l'anneau selon l'usage. Refusant les fruits de Sicile que Mgr Porporelli lui offrait dans une corbeille, il exposa le but de sa démarche.

—Je souhaite, dit-il, avoir une entrevue avec notre Saint-Père le Pape, mais en audience privée.
—Mission secrète gouvernementale? demanda le cardinal en clignant d'un œil.
—Non point, Monseigneur! répondit l'abbé Delhonneau, les raisons qui me font solliciter cette audience n'intéressent pas seulement l'Église de France, mais la Catholicité tout entière.
—Dio mio! s'écria le cardinal en mordant dans une figue sèche, farcie avec une noisette et de l'anis. Est-ce réellement si grave?
—Très grave, Monseigneur, répéta le prêtre français, tandis qu'apercevant quelques taches de bougie sur sa soutane, il s'efforçait de les gratter.
Le prélat gémit:
—Que peut-il encore y avoir? Nous avons déjà assez d'ennuis avec votre loi sur la séparation et les divagations de ce chanoine Bierbaum, de Landshut, en Bavière, qui ne cesse d'écrire contre l'Infaillibilité...
—L'imprudent! interrompit l'abbé Delhonneau.
Mgr Porporelli se mordit les lèvres. Dans sa jeunesse, alors qu'il n'était qu'un prêtre mondain de Florence, il avait combattu l'Infaillibilité, mais il s'était incliné ensuite devant le dogme.
—Vous aurez audience demain, signor abbé, dit-il, vous connaissez le cérémonial?
Il tendit la main; le prêtre s'inclina, y appliqua un baiser sonore, et se retira, marchant à reculons jusqu'à la porte où il s'inclina une seconde fois, tandis que le cardinal, d'un air las, le bénissait de la main droite, pendant que de la gauche il tâtait des pêches dans la corbeille.
Lorsque le lendemain l'abbé Delhonneau fut introduit chez le pape, il se jeta à genoux et baisa la mule du blanc Pontife, puis s'étant relevé délibérément, il le pria en latin de l'entendre seul, comme en confession. Et quelle condescendance! Le Saint-Père accueillit cette requête osée.
Lorsqu'ils furent seuls, l'abbé Delhonneau se mit à parler lentement. Il s'efforçait de prononcer le latin à l'italienne, mais les gallicismes abondaient dans son langage de séminaire; de plus, l'u français y revenait souvent, incompréhensible pour le pape qui interrompait l'orateur et se faisait répéter ce qu'il ne comprenait point.
—Saint-Père, disait l'abbé Delhonneau, à la suite d'études et de réflexions pénibles j'ai acquis la certitude que nos dogmes ne sont pas d'origine divine. J'ai perdu la foi et je suis convaincu que chez aucun homme elle ne peut résister à un examen honnête. Il n'est pas une branche de la science qui ne contredise par des faits irréfutables les soi-disant vérités de la religion. Hélas! Saint-Père, quelle peine pour un prêtre de découvrir ces erreurs et quelle douleur d'oser les avouer!
—Mon enfant, dit le pape, je pense que dans ces conditions vous avez cessé de célébrer la Sainte-Messe. Les doutes qui sont venus vous assaillir, aucun prêtre ne peut se vanter de ne pas les avoir connus; mais une retraite dans cette ville, berceau du catholicisme, vous rendra la foi perdue, et par les mérites de...

—Non! Non! Saint-Père. J'ai fait tout ce qui était possible pour recouvrer une foi qui, d'abord vacillante, s'est effondrée à jamais. Je me suis efforcé de me détourner de pensées qui me torturaient. C'était en vain!... Et vous-même, Saint-Père, vous l'avez déclaré, des doutes vous sont venus. Que dis-je? des doutes? Non! mais des clartés, des illuminations, des certitudes! Avouez-le, le trirègne qui pèse sur votre front est lourd de faussetés sacrées. Et si la politique vous empêche d'affirmer les négations qui roulent dans votre cerveau, elles n'en existent pas moins. Et l'effroi de régner au moyen de mensonges séculaires, voilà le vrai fardeau de la papauté, fardeau qui fait hésiter les élus au sortir du conclave...

... Répondez-moi, Saint-Père: Vous savez tout cela. Un pontife romain ne doit pas être moins perspicace qu'un pauvre prêtre du Morvan!

Le pape était assis immobile, grave, et pendant cette dernière partie du discours il n'ouvrit pas la bouche. Devant lui, l'abbé Delhonneau semblait un de ces Gaulois qui pendant le sac de Rome venaient agacer les sénateurs majestueux, pareils à des statues, sur leur chaise curule. Levant lentement les yeux, le pontife demanda:

—Prêtre! où voulez-vous en venir?

—Saint-Père, répondit l'abbé Delhonneau, vous détenez une puissance formidable, vous avez le droit de décréter le Bien et le Mal. Votre Infaillibilité, ce dogme incontestable parce qu'il repose sur une réalité terrestre, vous donne un magistère qui ne souffre point de contradiction. Vous pouvez imposer aux catholiques la vérité ou l'erreur, à votre choix. Soyez bon! Soyez humain! Enseignez ce qui est vrai! Ordonnez ex cathedra que le catholicisme soit dissous! Proclamez que ses pratiques sont superstitieuses! Annoncez que le rôle glorieux et millénaire de l'Église est terminé! Érigez ces vérités en dogme et vous aurez acquis la reconnaissance de l'Humanité. Vous descendrez ensuite dignement d'un trône d'où vous dominiez par l'erreur et que nul ne pourrait désormais légitimement occuper si vous le déclariez vacant à jamais!

Le pape s'était levé. Dédaigneux de tout cérémonial, il sortit de la pièce sans adresser un mot ni un regard au prêtre français qui souriait avec mépris, et qu'un garde-noble vint guider à travers les galeries somptueuses du Vatican, jusqu'à la sortie.

Quelque temps après, la curie romaine créa un nouvel évêché à Fontainebleau et y nomma l'abbé Delhonneau.

Lors de son premier voyage ad limina, cet évêque ayant proposé au Saint-Siège l'érection en dogme de la croyance à la mission divine de la France, le cardinal Porporelli, quand il l'apprit, s'écria:

—Pur gallicanisme! Mais l'administration gallo-romaine, quel bienfait pour les Gaules! Elle est nécessaire pour dompter la turbulence des Français. Et que de peine pour les civiliser!...

TROIS HISTOIRES DE CHÂTIMENTS DIVINS

I

LE GITON

Le nommé Louis Gian, fils d'un petit marchand d'huiles à Nice, ne manifesta jamais la moindre piété au contraire des autres enfants qui, au moins à l'époque de leur première communion, font preuve d'une dévotion touchante.

Le vicaire boiteux de Sainte-Réparate lui avait dit, un jour, pendant le catéchisme, en essuyant ses lunettes avec sa soutane sale:

—Toi, Louis! il t'arrivera malheur, parce que tu es faux. À te voir, on te prendrait pour un ange. La vérité? tu es plat comme une punaise à genoux. Tu te moques de moi. Je le sais, et tu le peux. Mais on ne se rit pas de Dieu. D'ailleurs, tu l'apprendras, trop tôt à ton souhait.

Louis Gian avait écouté, debout et les yeux baissés, l'admonestation du vicaire. Mais, dès que celui-ci eut le dos tourné, l'impie singea sa marche chancelante et chantonna:

—Cinq et trois font huit. Cinq et trois font huit.

Le jeune Nissard ne s'amenda pas. Jusqu'à quatorze ans il fréquenta peu l'école, mais paillarda sous les ponts du Paillon et au Château, d'abord avec les garçons de son âge, ensuite avec les petites filles.

À quatorze ans, il fut placé chez un chemisier et quitta le vieux Nice aux parfums de fruits et d'aromates mêlés aux odeurs de chair crue, de pâte aigre, de morue et de latrines, pour une boutique dans la ville neuve. Dès les premiers jours il fut remarqué par le patron et la patronne qui, en bons Nissards, ne firent chômer l'apprenti ni le jour, ni la nuit.

La patronne était rousse comme une orange, mais le patron sentait le pissala. Louis Gian se fit enlever en temps de carnaval par un Russe quinquagénaire et méticuleux qu'il fallait appeler: «Mon général!» et qui l'appelait: «Ganymède!»

Ayant reconnu que le Russe était exigeant et avare, il le vola et le quitta.

Ensuite il se prodigua à un Turc brutal et gourmand.

Le Turc, s'étant décavé à Monte-Carlo, fut remplacé par un Américain. Louis Gian avait compris que sa condition fructueuse le vouait, comme une mappemonde, à toutes les nationalités.

Pourtant il ne sut pas dans la fortune garder cette sérénité qui est le privilège des vertueux. Il méprisa ses compagnons d'autrefois et passait près d'eux sans paraître les voir. Ceux-ci lui rendirent d'abord mépris pour mépris. Ils ne manquaient pas, lorsqu'ils le rencontraient, de faire le geste qui consiste à placer le bras gauche à la jointure du droit plié et à agiter le poing droit fermé. Ou bien encore, ils mimaient, à son passage, l'obscène lettre Z d'un alphabet muet qu'emploient volontiers les Nissards, les Monégasques, les Turbiasques et les Mentonasques.

À la fin, l'inconduite de Louis Gian fut en horreur au Ciel, comme elle l'était à ses anciens camarades. Celui qui pisse contre le vent se mouille la chemise; il plut à Dieu de punir par la peine du talion les péchés du giton.

Louis Gian insulta un ami d'autrefois qui l'avait apostrophé. Il y eut querelle, bataille et promesse de vengeance.
Quatre jeunes gens, qui ne valaient en somme pas mieux que Louis Gian, l'attendirent un soir qu'il était allé seul au théâtre. Ils se saoulèrent de ce vin de Corse bien tombé de la réputation qu'il eut au XVIe siècle, puis guettèrent en face de la villa où l'encroupé vivait avec un Autrichien morbide.
Lorsque Louis Gian arriva après minuit, ils se précipitèrent sur lui, le bâillonnèrent et, l'ayant hissé sur la grille de la ville, l'empalèrent et se sauvèrent en se donnant des tapes...

L'empalé mourut, avec volupté peut-être. Il était beau comme Attys. Les lucioles luisaient autour de lui...

II
LA DANSEUSE

J'ai lu, jadis, dans un vieil auteur, ce récit authentique ou légendaire de la mort de Salomé. Je n'ai point orné le conte de mots hébreux, de descriptions exactes de costumes et de palais; sophisteries qui eussent donné au récit cette couleur locale tant cherchée aujourd'hui. À la vérité, mon ignorance m'eût empêché de le faire, et j'ai même conservé à mes personnages les noms qu'ils portent dans nos évangiles.

Ceux qui avaient fait mourir saint Jean-Baptiste furent châtiés. Hérodiade avait été férue de la maigreur ragoutante du pénitent qui invitait les hommes à prendre des bains. Bien qu'ayant agi comme Joseph chez Putiphar, le mangeur de sauterelles avait sans doute éprouvé des désirs charnels, tôt réprimés, pour celle qui le voulait. Lorsqu'Hérodiade, incestueuse selon la loi des Juifs, eut épousé son beau-frère Hérode Antipas, il se mêla un peu de jalousie aux reproches faits par le Baptiste. Salomé, enjolivée, attifée, diaprée, fardée, dansa devant le roi et, excitant un vouloir doublement incestueux, obtint la tête du Saint refusée à sa mère.

Hérodiade reçut dans un vaisseau d'or la tête chevelue à face barbue. Sa passion se réveillant soudain, elle baisa ardemment les lèvres violâtres du Baptiste décollé. Mais son ressentiment fut plus fort. Elle le satisfit en perçant à coups d'épingle la langue, les yeux et toutes les parties du chef sanglant. Le sacrilège cessa par la mort d'Hérodiade, qui, jouant encore avec la tête précieuse, succomba suivant toute vraisemblance à une rupture d'anévrisme.

Cette femme orgueilleuse ne demeura point en enfer. Elle fait partie de ces hordes d'esprits qui peuplent les airs, et que, lorsqu'ils sont bons, j'aime fort à appeler des dieux. Bien entendu, j'entends par dieu ce sur quoi l'homme n'a nul pouvoir, et non pas cette âme du monde que Speusippe d'Athènes a le premier cru gouverner sans entendement l'univers. Les nuits d'orage, Hérodiade, annoncée par les ululements des hiboux et l'effroi des animaux, mène une chasse fantastique qui passe au-dessus de la cime de nos forêts.

Hérode Antipas, roi de Judée, dont le pouvoir équivalait à celui du bey de Tunis de nos jours, fut exilé par Tibère et mourut malheureux à Lyon.

Salomé, dont la belle danse avait sillé les yeux du roi, périt en dansant; mort étrange qu'envieront les ballerines.

Cette dame dansa une fois pendant une fête sur la terrasse de marbre incrusté de serpentine d'un proconsul, et celui-ci l'emmena, lorsqu'il quitta la Judée pour une province barbare au bord du Danube.

Il arriva que, s'étant un jour d'hiver égarée seule au bord du fleuve gelé, elle fut séduite par la glace bleuâtre et s'élança dessus en dansant. Elle était comme toujours richement accoutrée et dorée de ces chaînes à mailles minuscules pareilles à celles que firent depuis les joailliers vénitiens, que ce travail rendait aveugles vers l'âge de trente ans. Elle dansa longtemps, mimant l'amour, la mort et la folie. Et, de vrai, il paraissait qu'il y eût un peu de foleur dans sa grâce et sa joliesse. Selon les attitudes de son corps înel, ses mains gesticulaient en chironomie. Nostalgiquement, elle mima encore les mouvements lents des oliveuses de Judée gantées et accroupies, quand choient les olives mûres.

Puis, les yeux mi-clos, elle essaya des pas presque oubliés: cette danse damnable qui lui avait valu jadis la tête du Baptiste. Soudain, la glace se brisa sous elle qui s'enfonça dans le Danube, mais de telle façon que, le corps étant baigné, la tête resta au-dessus des glaces rapprochées et ressoudées. Quelques cris terribles effrayèrent de grands oiseaux au vol lourd, et, lorsque la malheureuse se tut, sa tête semblait tranchée et posée sur un plat d'argent.

La nuit vint, claire et froide. Les constellations luisaient. Des bêtes sauvages venaient flairer la mourante qui les regardait encore avec terreur. Enfin, en un dernier effort, elle détourna ses yeux des ourses de la terre pour les reporter vers les ourses du ciel, et expira.

Comme une gemme terne, la tête demeura longtemps au-dessus des glaces lisses autour d'elle. Les oiseaux rapaces et les bêtes sauvages la respectèrent. Et l'hiver passa. Puis, au soleil de Pâques, ce fut la débâcle et le corps paré, incrusté de joyaux, jeté sur une rive pour les pourritures fatales.

Certains rabbins pensent que l'âme d'Adam anima aussi Moïse et David. Je ne suis pas éloigné de croire que celle de Salomé avait empli la fille de Jephté, et que, n'ayant jamais chômé depuis, elle survit en Espagne, en Turquie, ou peut-être aux provinces danubiennes, dans le corps d'une danseuse de kolo,—cette ronde obscène qu'on peut appeler: la danse de la croupe.

III
D'UN MONSTRE À LYON OU L'ENVIE

Il y eut une fois, à Lyon, un soyeux nommé Gorène auquel ses parents, fort pieux, avaient donné le prénom de Gaétan parce qu'il était né le jour de la fuite du pape à Gaète.

Gaétan Gorène était devenu un bon catholique. Il hérita de la grande fortune de son père, et, lui ayant succédé, il prit pour femme une fille de sa condition.

Ses biens s'augmentaient; il était heureux en ménage, mais sa félicité n'était pas complète. Après trois ans de mariage, il n'avait pas encore d'enfant.

Dans l'espoir d'en obtenir un, il fit suivre à sa femme les prescriptions des plus grands médecins. Il la mena en vain aux sources réputées merveilleuses contre la stérilité.

Enfin, connaissant que les ressorts humains étaient impuissants, d'accord avec sa femme, il eut recours à la religion. Il écouta les conseils du confesseur de son épouse. Mais la vertu des pèlerinages les plus fameux fut trouvée en défaut, et les prières les plus ferventes furent dites inutilement.

Le fabricant lyonnais gagna un nombre incalculable de jours d'indulgence, mais son épouse resta bréhaigne comme avant. Il blasphéma contre le ciel, douta des vérités religieuses et finalement perdit la foi de ses pères. Cet homme présomptueux ne pouvait supporter que la Divinité n'eût point fait de miracle en sa faveur. Il ne se confessa plus, ne communia plus, n'alla plus aux offices religieux et cessa de donner aux œuvres pieuses qu'il avait soutenues jusque-là.

Il relut l'histoire de Napoléon, et délibéra même de répudier une épouse stérile, demeurée pieuse malgré son mari. Il se trouva alors un médecin sans renom, mais de haute science, qui, ayant appris la détresse du riche soyeux, entreprit la cure, et, de façon ou d'autre, rendit propre à être ensemencée la terre inféconde.

Gaétan Gorène pensa étouffer de joie lorsque sa femme lui annonça un jour que, par divers signes irrécusables, elle avait reconnu être enceinte et qu'elle espérait même ne pas demeurer primipare si cette grossesse avait une heureuse issue. Le fabricant fut ainsi confirmé dans son impiété et s'ouvrit sur ce sujet à sa femme pour la détourner des pratiques dévotieuses.

La dame en bonne chrétienne ne manqua pas de tout raconter à son confesseur.

Celui-ci était un prêtre robuste, dans la force de l'âge, têtu dans la foi, pensant que tout est permis pour que le règne de Dieu arrive. Il avait appris avec douleur le scandale causé par l'irréligion du fabricant, et voyant le résultat obtenu par ceux qui avaient suivi ses conseils sincères, il en éprouva du dépit. Comprenant qu'à cause de la grossesse de la dame, Satan avait été le plus fort, le prêtre entreprit de ramener au bercail la brebis égarée.

Vraiment, le ciel tira une éclatante vengeance de l'impiété de Gaétan Gorène. Une nuit de prières inspira au religieux un tour qui réussit pleinement.

Un jour d'été, sachant que le mari était à Lyon pour ses affaires et la femme à la campagne, le prêtre, abandonnant la soutane, se vêtit du plus mal qu'il put, simulant un vagabond, colporteur, gueux, mendiant, bélître, fainéant ou chemineau, comme on en voit sur toutes les routes.

Ainsi accoutré, il alla à la ville où la dame enceinte, s'ennuyant seule, regardait par la fenêtre. C'était un jour violent d'été, à l'heure de midi dont Pan, caché dans les moissons, symbolise le rut effrayant. Le faux vagabond s'approcha de la muraille, sous la fenêtre de la dame qui s'ennuyait. Il accomplit un acte naturel qu'il est inutile de nommer et exposait un pilon à mortier, un bâton pastoral, une flûte à Robin, et mieux, un rossignol tel que beaucoup de dames l'eussent voulu entendre chanter Kyrie eleison. Celle-ci, malgré sa dévotion, ne fut pas indifférente et eut envie d'être le mortier du pilon, la cage du rossignol. Mais, étant honnête, elle ne pouvait satisfaire son vouloir. Néanmoins, il est certain qu'éprouvant des démangeaisons, elle se gratta.

Bien que les phénomènes relatifs aux envies des femmes grosses soient contestés par plusieurs savants, il me paraît certain aussi que la dame était enceinte d'une fille. Car, quelques mois après, elle accoucha, et, lorsque le mari, haletant d'émotion, voulut savoir de quel sexe était l'enfant, la sage-femme leva les bras au ciel en disant: «C'est un monstre!», et le médecin qui l'assistait dit: «C'est un hermaphrodite!»

À la suite de ce monstrueux événement, le riche soyeux faillit devenir fou de douleur. Reconnaissant que tout arrive par la main de Dieu, il se résigna, devint dévot, donna de grandes sommes aux œuvres, et édifia tout le monde par sa piété.

Le prêtre, apprenant ce qui était arrivé, rit à éclater, se roula, sauta, toussa, et finalement alla à confesse. Mais le curé lui refusa l'absolution et il dut l'implorer chez l'archevêque.

L'androgyne mourut bientôt. Gaétan, redevenu pieux, vécut heureux avec sa femme et ils eurent beaucoup d'enfants.

SIMON MAGE

... Et tandis que la foule rendait gloire à celui dont les disciples accomplissaient tant de prodiges, un homme aux cheveux noirs et frisés, à la barbe rousse et fine, à la face fardée, s'approcha du diacre Philippe et lui dit:

—Devin! veuille, en retour de ta science que je désire apprendre, te laisser inculquer la mienne qui comprend avant tout les dix degrés démoniaques. Depuis longtemps, mon entendement a franchi les trois degrés ténébreux et je connais à présent les sept parvis de l'enfer proprement dit.

—Arrière! cria le diacre Philippe, il n'y a rien de commun, sorcier, entre toi et moi. Je suis le disciple de Celui qui dans sa bonté livra tes maîtres maudits à toutes les douleurs. Je suis de son Église, et, selon son vouloir, les portes de l'enfer ne prévaudront point contre elle.

Mais l'homme sourit, et, assujetissant sur sa tête, de la main droite, la tiare couleur de safran où, comme le Méandre au soleil, brillait un serpent fait d'opales, il reprit:

—Je commande durement aux légions de démons et communique avec les myriades d'anges. En leur suavité consiste ma force, et, le plus riche, le plus savant de Samarie, je veux me soumettre à celui dont les suppôts accomplissent tant de prodiges. Comment se nomme ton maître?
—C'est, répondit le diacre, Jésus de Nazareth, le Messie, Fils de Dieu.
Puis il l'endoctrina, et voyant qu'humble et soumis il reconnaissait la vérité, il lui demanda son nom, et l'homme saisit dans chaque main un anneau d'or de ses oreilles. À ses doigts, des pierres opaques, serties dans des bagues d'or, portaient gravés des signes divers. Dans cette position, le haut du corps, les bras et la tête figuraient un triangle isocèle. De longues paupières violettes voilèrent l'éclat des yeux noirs, et la bouche peinte prononça:
—Simon.
Le diacre se souvint de ce nom qui avait été celui du chef des apôtres, puis il baptisa l'homme, l'appelant Pierre, et ajoutant:
—Simon, désormais tu es Pierre, comme l'est le Vicaire de Dieu sur la terre.
À ce moment, le peuple ayant crié: «Place», en s'écartant, Philippe vit venir Pierre lui-même, les yeux troublés par les larmes, qui ne tarissaient plus depuis que, par trois fois, il avait renié son divin Maître. Près de l'ancien pêcheur du lac de Tibériade marchait Jean, le disciple bien-aimé.
Et le diacre dit:
—Voici que Pierre vient en pleurant. À côté de lui, marche, jeune et grave, Jean le préféré. Homme que le baptême a renouvelé, demande-leur de te conférer le Saint-Esprit.
Le peuple s'était dispersé. Il ne restait plus sur la place, avec le diacre Philippe et Jean, que le nouveau baptisé. Il ramena par devant les plis de sa robe traînante, dont l'étoffe jaune était tramée de dessins violets figurant des bêtes fantastiques, et découvrit ainsi des sandales de cuir azuré, ornées au cou-de-pied d'un quadruple triangle d'or. Et Pierre, se penchant vers Philippe, demanda:
—Quel est cet homme à l'attitude orgueilleuse? Il ne paraît avoir la véritable humilité du cœur.
Et le diacre Philippe répondit:
—C'est un magicien. À son dire, il commandait durement aux légions de démons et s'accordait avec les myriades d'anges. Il s'est soumis, lui, sa science et ses suppôts surnaturels à la divine autorité du Christ, notre Maître, et il a été baptisé.
Une longue théorie de femmes gantées, portant une cruche sur la tête, traversa la place. Elles s'approchèrent des apôtres, et l'une d'elles, gracieuse et forte, ayant déposé sa cruche, s'agenouilla devant Pierre en disant:
—Maître, on assure que vous parlez au nom de Jésus de Nazareth. Un jour, il s'entretint avec moi. J'étais assise, à peu de distance de la ville, sur la margelle du puits où nous allons. Maître, parlez-nous de Jésus.
Et le sorcier se mit devant elle, disant:

—Maître, ne lui répondez pas, c'est une prostituée.
Mais, Pierre répliqua:
—Mage écarte-toi!
Et souriant, tout en pleurs, il dit à la Samaritaine:
—Femme qui avez la foi, allez jusqu'au puits avec vos compagnes quérir l'eau de votre baptême, et revenez vers moi.
Et la Samaritaine, après s'être relevée, se dirigea, suivie des autres femmes, vers la porte de la ville.
Le sorcier, s'étant de nouveau approché de Pierre, lui dit:
—Je suis venu vers Philippe ton disciple, qui accomplit ici, avant ta venue, des prodiges admirables. Je te prie de me conférer le Saint-Esprit et le pouvoir de le conférer à mon tour.
Et Pierre demanda:
—Mage, pourquoi désires-tu le pouvoir de conférer le Saint-Esprit?
Et le sorcier répondit:
—À cause de la gloire que j'en acquerrai. Elle me mettra au-dessus des autres hommes, et un jour, si tu mourais avant moi, je serais digne de prendre ta place, ô Maître!
Et Pierre répliqua:
—Celui qui souhaite une autre gloire que celle du Très-Haut est indigne de conférer le Saint-Esprit. Va-t'en, mage, avec ta magie.
Mais le sorcier s'inclinant reprit:
—Maître, vous êtes pauvre et je suis riche: vendez-moi la science dont ma magie n'est que l'erreur!
Pierre se détourna de lui, et demanda à Philippe:
—Comment s'appelait cet homme?
—Simon! répondit le diacre.
Et Pierre, tombant à genoux, s'écria:
—Ô mon nom de pécheur! Que Simons soient tous ceux qui voudraient acheter les dons sacrés. Que ce péché exécrable soit en horreur au ciel et à la terre!
Le magicien s'était baissé, et, tandis que les manches lourdes et pendantes de sa robe soulevaient la poussière, il traça sur le sol les mots ABLANATANALBA et ONORARONO qui peuvent se lire indifféremment de droite à gauche ou de gauche à droite, et, lorsqu'il se releva, les disciples virent devant eux la vivante image de Pierre, le chef des Apôtres, mais qui ne pleurait pas et disait:
—Simon-Pierre, je ne suis nul autre que celui que tu es, et nos noms sont les mêmes. Je vivrai aussi longtemps que l'Église où tu commandes. J'en deviens pour toujours le mauvais chef, tandis que tu en es le bon pasteur. Et là où tu représenteras la bonté céleste, je serai l'infernale méchanceté qui met en branle, quand il me plaît, les légions de démons et les myriades d'anges.

Alors, il disparut, et les apôtres le cherchaient en vain des yeux sur la place, où revenait, par la porte de la ville, la théorie des Samaritaines, qui, les bras levés, maintenaient sur leur tête balancée le vase empli de leur eau baptismale.

... Et voyant s'avancer deux vieillards d'une ressemblance parfaite, Néron demanda:

—Lequel d'entre vous est ce Galiléen dont les miracles étonnent la ville?

Mais l'un des hommes leva les yeux au ciel sans rien répondre, tandis que son compagnon s'écriait:

—Cet autre qui me ressemble n'est qu'un imposteur. Et, dans ce jardin où tu nous accueilles, ô César, je veux m'élever devant toi comme un oiseau prenant son vol. Mon art me donne le moyen de confondre ainsi ce silencieux.

L'empereur éclata de rire:

—Étrangers, dit-il, je vous ai pris d'abord pour Castor et Pollux, mais ils s'aiment et vivent alternativement. Votre inimitié excite mon imagination. Enchanteurs, faites des prodiges. Ma musique accompagnera vos gestes. Ensuite, je célébrerai votre lutte en strophes alcaïques.

Il vit alors que le visage du vieillard qui avait parlé était calme et rusé, tandis que sur les joues du silencieux, des larmes, qui ne cessaient de couler, avaient creusé deux sillons.

Prenant un luth accordé, Néron le fit sonner, et l'homme qui ne pleurait pas s'écria:

—Pierre, voici le moment où je te confondrai. Mon art détruira tous les enchantements de ton ignorance. Mes alliés veillent dans le Ciel et dans l'Enfer.

Il traça sur le sol le nom d'Anatana, qui se lit de droite à gauche et réciproquement. Une nuée sombre s'étant élevée, le magicien lui dit:

—Anatana, prince de l'Enfer, si mon ennemi m'attaque au moment où venant de quitter la terre, j'aurai peine à me défendre, tu feras la nuit et combattras cet homme dans l'obscurité.

Il s'accroupit pour renouer les cordons de sa sandale droite, ornée au cou de pied d'un quadruple triangle d'or, et se releva en appelant:

—Eloah Quanah, Dieu jaloux, préposé aux portes de la demeure céleste, à l'ouest, écarte-toi en ouvrant pour laisser passer ceux qui me servent!

Alors il cria:

—Kokhabiel!

Et ce fut une rumeur argentine d'armes célestes, tandis que s'avançaient Kokhabiel et les trois cent soixante-cinq mille Anges qu'il commande. Le magicien jeta un regard triomphant sur Pierre qui, tombé à genoux, priait maintenant les bras en croix.

L'enchanteur appela:

—Quemuel!

Et avec un bruit semblable au chant de milliers d'oiseaux s'avancèrent Quemuel et les douze mille Esprits qui sont sous ses ordres.

Le mage commanda:

—Ange Dumiel, portier de l'enfer, laisse passer ceux qui me servent.

Et, silencieux, comme le vol des chauves-souris, s'avancèrent à califourchon sur des zèbres, des hémiones, des onagres, ou debout sur des éléphants portant de belles citadelles, ou bien assis sur des panthères, ou encore à pied, menant des ours, des onces enchaînés, les quatre-vingt dix mille Démons présents à l'exode d'Égypte.

Et le magicien dit à ceux qui lui obéissaient:

—Vous qui êtes à la fois mes maîtres et mes serviteurs, voici que je m'élèverai devant César comme l'oiseau prend son vol. Défendez-moi tandis que je serai dans l'air, afin que mon ennemi demeure sur la terre, impuissant et confondu.

Il s'approcha de Pierre et lui parla:

—Les puissances du Ciel et de l'Enfer m'obéissent. Dieu lui-même va paraître devant toi pour te confondre en attestant ma science et ton ignorance.

Il appela:

—Sidra!

Et l'Ordre qui est la Bouche de Dieu parut au firmament où, à la parole du mage, se manifestèrent Tathmahinta, qui est le Coude gauche au Corps de Dieu, Adramat, qui est un Doigt majestueux au Pied droit du Corps de Dieu, Auhez, qui est un Doigt préhensif au Pied gauche du corps de Dieu, auprès d'Hatoumah, qui, l'Intégrité même, est aussi un Orteil au Pied gauche du Corps de Dieu.

Et quelle immense Majesté emplissait le ciel, à mesure qu'apparaissaient les célestes Puissances, qui sont des Membres au Corps de Dieu!

Dagoul We Adom s'inscrivit en une distincte rubrique sur le Corps de Dieu. Alors, Kokhabiel et ses trois cent soixante-cinq mille Anges, Quemuel et ses douze mille Esprits, Anatana l'obscur, et les quatre-vingt-dix mille Démons présents à l'exode d'Égypte, les légions de démons et les myriades d'anges de toutes hiérarchies s'inclinèrent, et le fulgurant Ohaztah parut qui est le Prince de la Face divine.

Prompts et inouïs, entourant, supportant le Corps adorable se manifestèrent Afapé, Elohémancith, Tamani, Ouriel et les autres Faces d'aigles, de lions ou de chérubins qui ornent le Char céleste.

Les Ofanim, classe d'anges multicolores, qui sont les roues de ce Char plus rapide que l'esprit humain ne saurait le concevoir, tournèrent dans le ciel en jetant un éclat insupportable, et, prenant tous les tons, depuis les blancheurs totales et infiniment variées des plus pures régions étoilées jusqu'aux dernières nuances qui flamboient dans les abîmes, tandis que, sombre et terrible, comme une annonciation de tempête, dominait au zénith la profondeur violette d'Humasion, l'Améthyste, qui est une appellation de la Divinité.

Et Pierre, le front contre terre, suppliait le Très-Haut de confondre le magicien, qui s'écria:

—César! je vais maintenant m'élever devant toi, à la face de Dieu.

Il appela:

—Isda! Auhabiel! Auferethel!

Et Isda, qui est l'ange de la nourriture, s'avança, et lui donna les forces nécessaires à l'accomplissement de son faux miracle; ensuite, Auhabiel, l'ange aimé de Dieu et préposé à l'amour, étendit ses ailes, et, prenant le mage par les cheveux, l'emporta vers les régions supérieures, tandis qu'Auferethel, qui est l'ange du plomb, retenait Simon, afin qu'il ne montât pas trop vite et ne perdît point connaissance.
Mais, soudain, s'étant levé, Pierre rompit le charme d'un seul geste, et, dans un silence auguste, s'écroula l'angélique et rayonnante majesté du Corps divin, pendant qu'avec un bruit d'argent et de soie, disparaissaient les myriades d'anges, pendant qu'avec la rumeur d'un grouillement de cloaque, s'enfonçaient dans l'abîme les légions démoniaques.
... Et crucifié la tête en bas, par respect pour l'adorable position de son Maître, Pierre aux yeux brûlés par les larmes, Pierre sur le point de mourir, regardait un homme qui lui ressemblait s'avancer vers le bourreau, auquel il demandait:
—Combien me vendrais-tu le corps de ce supplicié?
Et le bourreau répondait:
—Étranger, ce martyr qui te ressemble est sans doute ton frère... Moi aussi, je suis chrétien, car j'ai été baptisé. J'exerce mon métier, et, faisant cela, j'accomplis la volonté divine. Mais, le corps d'un martyr est un don sacré de Dieu à ses fidèles, et il est interdit de vendre les dons sacrés. Quand cet homme sera mort, tu emporteras le cadavre, afin que les croyants puissent l'honorer... En attendant, pour passer le temps, jouons aux dés mon silence contre tes sandales azurées, qu'orne, au cou de pied, un quadruple triangle d'or.

L'OTMIKA

Sur le pré, proche les vergers aux pruniers fleuris qui entourent le village bosniaque, le kolo tournait, ronde échevelée et chantante. Les croupes s'agitaient en cadence: celles des garçons sautaient, nerveuses et étroites; celles des filles roulaient, lourdes et bulbeuses, et tendaient le jupon court. Les chansons s'envolaient, lyriques, satiriques ou gaillardes, et en ce cas les filles faisaient semblant de ne pas comprendre. On chantait:

Le premier disait: «Tu es une rose.»
Le second disait: «Tu es une étoile.»
Le troisième disait: «Tu es un ange des cieux.»
Mais le quatrième m'a contemplée sans rien me dire.
De par mon miroir, je ne suis ni rose, ni étoile, ni ange,
De par mon miroir les trois ont menti.
Et celui qui s'est tu sera mon bien-aimé.

Le kolo tourna un instant en silence. Les croupes remuaient, sautillaient, frétillaient, se tortillaient. Les tziganes, hommes et femmes, assis sur le talus du chemin qui borde le pré, préludèrent un autre air sur leurs guitares, et la troupe dansante entonna:

Le vieux beg turc de Sarajevo
Pesait cent dix okes.

Sa fille qui n'en pesait que trente
S'est enfuie chez les Serbes pour danser la poskotznika.
Puis les garçons chantèrent:
La fiancée n'était pas vierge,
Elle était comme un sac troué...
À ce moment un cri retentit, sauvagement:
—Otmika!
Et une troupe de garçons, qui, sans doute avec la complicité des tziganes, s'étaient tenus cachés derrière une haie, de l'autre côté du chemin, s'élancèrent vers les danseurs de kolo.
Au cri d'Otmika tous avaient compris qu'il s'agissait du rapt traditionnel chez les Sud-Slaves. Un amoureux éconduit, sachant que sa bien-aimée dansait le kolo sur le pré, avait réuni une troupe d'amis, et ils étaient venus, décidés à ravir la dédaigneuse. Mais le moment avait été mal choisi. Les danseuses avaient poussé un cri de terreur et s'étaient placées derrière les danseurs, parmi lesquels il y avait peut-être l'amant favorisé. Voyant qu'une résistance s'était organisée si promptement, les ravisseurs s'arrêtèrent, interdits. Ils n'étaient que six, tandis qu'il y avait onze danseurs avec autant de filles. Celles-ci chuchotaient:
—C'est Omer, le petit tailleur. Il veut enlever Mara.
Omer était au premier rang des otmikari; petit, brun, fort comme un taureau, il tremblait de rage. Les tziganes pincèrent leurs guitares. Les yeux d'Omer brillèrent. Il fit un pas en avant et entonna:
Igra kolo, igra kolo nadvadeset idva.
U tom kolu, u tom kolu, lipa Mara igra.
Kakva Mara, kakva Mara medna asta una...
Le kolo tourne composé de vingt-deux personnes.
Dans la ronde balle la jolie Mara.
Quelle bouche de miel a Mara...
Un joli garçon, grand et maigre, défenseur des filles, l'interrompit:
—Omer, tu sais que chez nous, lorsqu'on ne sait pas le nom d'une fille ou qu'on ne veut pas la nommer, on l'appelle Mara. Dis pour quelle fille tu as crié, Otmika! afin qu'elle puisse se défendre.
Omer cria:
—Mara, la fille du vieux Tenso.
Mara passa sa jolie tête brune et peureuse entre ses défenseurs en disant:
—Omer, je ne te veux pas de mal. Tu as assez longtemps chanté sous mes fenêtres, en toute saison. Mais je n'ai jamais répondu. Tu sais de belles chansons, mais je ne veux pas me marier avec toi.
La troupe des danseurs de kolo cria:
—Adieu, Omer! et se mit alors en marche vers le village.

Les otmikari ne s'opposèrent pas à cette retraite. Mais les tziganes, sur la route, ayant commencé l'air des Litanies de Marco, les ravisseurs psalmodièrent pour insulte à la belle Mara, ce chant misogyne:

Marco, des femmes délivre-nous.
Marco, de ces vipères délivre-nous,
Marco, de ces putains délivre-nous,
Marco, de ces charognes délivre-nous,
Marco, de ces traîtresses délivre-nous...

Ensuite Omer se tourna rageur vers ses compagnons:

—Dire que j'étais si empressé auprès d'elle! L'année dernière, elle se laissait faire encore. Après le kolo, elle acceptait les gurabié mielleux, les tartes aux prunes, les alvé de froment, saindoux et miel que je lui apportais. Mais depuis, elle a été à la ville. Elle y a vu des Italiens, des Juifs, des Turcs, des Viennois, qui sait? et peut-être de ces Grecs que je déteste et que je ne peux voir sans leur montrer les cinq doigts de la main droite en disant: «Pendé!», ce qui est la plus grave injure qu'on leur puisse faire!

Un des Otmikari répondit:

—Si elle connaît la ville, elle ne sera pas facile à prendre. De plus, son père a aussi des idées de la ville. Il en est venu à mépriser les institutions séculaires de notre race et il sera dans le cas de se plaindre. L'otmika traditionnelle est sévèrement punie quand il y a plainte, et il ferait ramener sa fille chez lui par les gendarmes.

Les tziganes s'étaient approchés et tendaient leurs mains ouvertes. Ils étaient beaux, mais sales et sournois. Omer leur jeta quelques pièces. L'un d'eux dit en ricanant:

—Les jours les plus heureux pour l'homme sont celui où il se marie et celui où sa femme crève.

Une vieille tzigane à face desséchée avait tiré de sa poche une longue chevelure noire, coupée par surprise à quelque misérable gardeuse d'oies, endormie dans une prairie. Avec un vieux peigne cassé elle peignait cette chevelure triste comme une relique de morte, en marmonnant inintelligiblement. Elle releva la tête, et, regardant fixement Omer, elle lui dit en chevrotant:

—Pourquoi ne fais-tu pas l'otmika sur une fille d'un village voisin, comme cela se pratique ordinairement? Si tu veux, je t'en volerai une dont les cheveux seront plus beaux que ceux que je tiens.

Mais Omer répondit:

—Un héros ne vole pas, il ravit. Je veux Mara.

La vieille continua:

—Si tu me donnes bien de l'argent, je ravirai pour toi Mara. Car tu n'es pas rusé, mais je suis fine comme les aiguilles de sapin, moi.

Omer réfléchit, puis consentit le prix voulu par la vieille, lui donna des arrhes et s'en alla avec ses compagnons, tandis qu'en signe de joie pour l'aubaine, les tziganes, au son d'une guitare, dansaient la khaliandra, sautant et se battant les semelles sur les fesses, en se tenant d'une main par l'oreille et de l'autre par l'organe génital.

Le lendemain, Omer ne se montra pas dans le village. Il passa sa journée à coudre et à broder, accroupi à la turque. Dans les rues les gens parlaient de l'otmika et beaucoup désapprouvaient Omer d'avoir interrompu le kolo. Bandi, le marchand de cochons, annonçait qu'il ferait désormais dix lieues, quand il aurait besoin d'un tailleur, plutôt que d'avoir affaire à Omer. Le vieux et riche Tenso, veuf pour la seconde fois, avait paru un instant dans la rue et avait juré qu'Omer n'aurait pas sa fille, qu'elle ne quittait plus la maison et qu'il était décidé à recourir à la gendarmerie en cas de violence. Le soir, le vieux curé entra dans la maison de Tenso. Lorsqu'il en sortit, au bout d'une heure, ceux qui le virent assurèrent qu'il avait l'air fort agité, et qu'il avait répondu d'une voix brisée par les sanglots refoulés à ceux qui lui avaient parlé.
Le surlendemain, vers deux heures, le village était presque désert, comme il l'est toujours pendant l'après-midi. Le vieux Tenso, dans sa chambre, souffrait d'une rage aux dents. Mara, dans la cuisine, surveillait la cuisson du remède infaillible contre le mal de dents: des figues bouillies dans du lait. À ce moment, on frappa à la porte de la maison. Mara regarda par la fenêtre et vit une vieille tzigane qui cria:
—Frajle! Frajle![1]
[1] Mademoiselle.
Mara descendit ouvrir et la vieille lui dit:
—N'as-tu pas besoin de mes services, la belle!
—D'où viens-tu? demanda Mara.
—De Bohême, le pays merveilleux où l'on doit passer mais non séjourner, sous peine d'y demeurer envoûté, ensorcelé, incanté.
—Que sais-tu?
—J'enseigne à danser, chanter. Je sais jeter les sorts les plus insidieux. Je sais lire l'avenir dans la main, dans les cartes. Je sais coiffer, épiler, et même repuceler une nourrice.
Mara lui tendit la main gauche en disant:
—Regarde!
La vieille l'examina et répliqua:
—Tu te marieras sous peu.
Mara lui donna une pièce de monnaie, en disant:
—Va-t'en, vieille! Je sais danser, chanter. Nul n'a encore écarté mes jambes. Je me coiffe seule et je ne veux pas être épilée.
La vieille ricana:
—Téremtété! J'ai épilé de belles musulmanes, dans l'Herzégovine, et des chrétiennes aussi. Le goût de la chair lisse se propage, ma fille, et les touffes de fenouil, aux endroits secrets d'un corps poli, répugnent à plus d'un homme, même parmi les chrétiens.
Mara tapa du pied et cria:
—Va-t'en!
Mais la vieille leva la main, et, d'un coup, défit la chevelure de Mara dont les nattes retombèrent:

—Vois-tu, la belle, tu ne sais pas te coiffer. Je vais te recoiffer pour rien. Tourne-toi.
Honteuse de son impatience, Mara se laissa faire docilement. La vieille tira une paire de ciseaux, mais, à ce moment, une main nerveuse la saisit à la gorge. La vieille poussa un cri en laissant tomber les ciseaux, qui firent un bruit métallique sur le pavé. Mara se retourna et vit d'un coup d'œil les ciseaux ouverts sur le sol et le curé serrant la tzigane à la gorge. Omer, à qui la vieille avait promis de retenir Mara à la porte, afin qu'il pût l'enlever, arrivait en courant. L'apercevant, Mara poussa un cri et referma violemment la porte, qu'elle verrouilla. Omer s'arrêta désespéré en murmurant:
—Trop tard!
À ce moment, une troupe de cochons déboucha à un tournant. Les bêtes flaireuses, aux petits yeux, aux jambes courtes, grognaient, gargouillaient, ronflaient, renâclaient, reniflaient. Derrière, le troupeau grouillant et rose sale, venait Bandi qui, armé d'un gourdin, dirigeait les cochons en se dandinant, et sifflotant. À la vue d'Omer, Bandi fit tournoyer son bâton en menaçant le tailleur. Mais le curé lui cria:
—Hé, Bandi! laisse Omer, j'en fais mon affaire. Occupe-toi de cette vieille qui voulait voler la chevelure de Mara.
Le curé se dirigea vers Omer, qu'il saisit par l'oreille et entraîna. De l'autre côté, la vieille courait: les cochons la suivaient de près, en trottant plus vite, en frétillant et en remuant leur queue tortillée. Bandi en quelques sauts la rattrapa, et lui administra une volée qui, bien que rudement appliquée, ne retarda pas la fuite de la tzigane. En courant, elle poussait des hurlements, criait des malédictions et vomissait des jurons immondes...
Le curé tira Omer par l'oreille jusque devant le presbytère. Là, il le lâcha enfin et parla:
—Omer, tu es le scandale de ce village. Tu veux enlever une fille qui ne veut pas de toi. Séduire une fille est une mauvaise action, mon fils!
Omer se récria:
—Je ne veux pas la séduire, je veux l'épouser. Qu'importe qu'elle ne me veuille pas? L'homme doit-il s'embarrasser des volontés des femmes qui pleurent quand elles veulent et rient quand elles peuvent?
Le curé l'écouta d'un air attendri:
—Ainsi, c'est différent. Omer, mon enfant, tes intentions sont donc pures... L'as-tu demandée à son père?
—Oui! cria Omer, Tenso a juré que je n'aurais pas sa fille. Mais je veux épouser Mara. D'ailleurs vous savez tout. Vous êtes resté plus d'une heure, hier, dans sa maison.
—Oui! répliqua le curé, je sais tout ce qui s'est passé avant. Mais j'avais pensé, comme croit Tenso, du reste, que, ne pouvant avoir Mara pour épouse, tu voulais l'enlever pour la déshonorer et l'abandonner.
—Le vieux Tenso mépriserait-il assez nos coutumes, dit d'une-voix sombre Omer, pour me refuser sa fille au cas où, l'otmika ayant réussi, j'aurais enlevé Mara?
—Hélas! dit tristement le curé. Hélas! mais toi, Omer, méprises-tu assez les divertissements de notre race, pour venir interrompre le kolo, la danse nationale et crier: Otmika! pendant les rondes?

—Je croyais que les prêtres considéraient la danse comme mauvaise.
—Quoi?... Il en est, c'est vrai, qui croient que la danse est l'œuvre de Satan. Moi, je suis de l'avis du curé Spangenberg qui, en 1547, prêcha que la danse est bonne, car on dansa aux noces de Cana, et Jésus y dansa peut-être aussi. Mais toi, Omer, qu'as-tu fait! N'ayant pas réussi l'enlèvement pendant la danse, qu'as-tu imaginé, Omer! Car j'ai tout deviné. Tu as pris pour complice une possédée, un être infâme, une receleuse de démons, une tzigane voleuse de chevelures.
—Le diable couche avec! dit Omer, elle m'a induit en lâcheté. Mais aussi, comment avoir Mara maintenant? Elle ne sortira plus, sinon accompagnée pour aller à la messe. Le vieux Tenso, dit-on, veut aller habiter en ville. Je suis forcé de recourir à la ruse.
Le curé réfléchit:
—Non, il n'y a rien à faire du côté du vieux Tenso. Mara veut se marier à la ville. Mon pauvre Omer, renonce à l'otmika, désaime Mara. Marie-toi avec une autre.
—Jamais! Je veux Mara!
À ce moment des enfants qui passaient vinrent baiser les mains du curé. Quand ils s'en furent allés, il sourit:
—Omer! la place de Mara à l'église est à gauche près de la petite porte.
Omer tressaillit:
—Mais... le péché... un rapt dans l'église... pendant la messe...
—À ta place, Omer, je commettrais ce péché. Sois héroïque, mais demande pardon à Dieu, avant et après. Moi, je t'absoudrai quand tu viendras te confesser.
Omer parut hésiter:
—Mais... les gendarmes.
—Sois héroïque, Omer, le ciel ne t'abandonnera pas. Moi, je te bénis.
Il le bénit en souriant et disparut derrière la porte du presbytère. Omer fixa un instant le sol, se gratta la tête, fit un grand signe de croix et revint dans son atelier. Le soir tombait. Plus tôt que de coutume, il alluma la lampe. Il tira des ballots d'étoffes et coupa deux vêtements, l'un d'homme, l'autre de femme. Puis, avant de s'accroupir pour coudre, il se signa et murmura:
—Notre Père, qui êtes aux Cieux, que votre règne arrive, que l'otmika réussisse...
Le dimanche suivant fut un beau jour sans nuages. Sur la place de l'église s'était installé un de ces hommes qui promènent des phonographes de village en village. Il avait placé, pour donner l'exemple, deux des tubes de son appareil à ses oreilles, et invitait les passants à en faire autant, moyennant dix kreutzer. Des enfants, rangés autour, le regardaient. Des hommes, groupés plus loin, parlaient de la partie de quilles de la veille. Quelques femmes babillaient en tricotant. L'une d'elles, vieille, édentée, qu'on appelait Croix de Hongrie parce qu'elle était penchée comme la croix qui termine la couronne figurée sur les monnaies hongroises, déclara:
—Omer aura Mara, allez! qu'un homme vienne à aimer une femme, il n'y a rien à faire; il l'aura, et il faudra qu'elle l'aime.

À ce moment, la cloche sonna pour la messe, et, sur la place, parut Mara donnant le bras au vieux Tenso. Près d'eux marchaient Bandi, le meneur de porcs, fier et digne, et le joli garçon qui avait interpellé Omer sur le pré. Ils entrèrent dans l'église qui s'emplit bientôt de tous les habitants du village, endimanchés. Selon la coutume, les hommes se placèrent d'un côté de la nef, les femmes de l'autre. Omer était venu aussi avec ses compagnons. Mara l'aperçut au fond de l'église et remarqua qu'il était richement vêtu. Puis, elle le vit sortir avec ses amis. L'office commença.

À l'évangile, tout le monde se dressa. Tout à coup, la petite porte près de laquelle était placée Mara s'ouvrit pour laisser passer Omer qui saisit la jeune fille à bras-le-corps, la souleva et s'enfuit en un clin d'œil. Les femmes poussèrent des cris et se sauvèrent du côté des hommes où des jurons tonnaient formidablement. Le vieux Tenso, plusieurs jeunes gens, dont Bandi, se précipitèrent vers la sortie pour rattraper les ravisseurs. Mais le vieux prêtre, à l'autel, s'était tourné. Il cria:

—Arrêtez-vous, païens! arrêtez-vous.

À la voix de leur pasteur, les hommes s'arrêtèrent, interdits. Seul, le vieux Tenso sortit. Le prêtre continua:

—Quoi! païens! voudriez-vous manquer la messe parce qu'un garçon enlève une fille qu'il veut épouser?

Il y eut des murmures. Le prêtre reprit plus fort:

—L'otmika n'est-elle pas une de nos coutumes?

Il y eut alors des exclamations approbatives, et tous reprirent leurs places tandis que le vieux prêtre parlait:

—Ferez-vous votre salut en poursuivant les otmikari, ou en assistant à la messe? Omer et ses amis manquent la messe, c'est affaire à leur âme. Mais, vous autres, voudriez-vous que votre pasteur n'achève la cérémonie que devant des femmes? Pécheurs, Satan a trouvé cette nouvelle ruse pour vous induire en péché mortel! Je ne ferai pas d'autre sermon aujourd'hui. Ayez confiance en Dieu et repentez-vous. C'est la grâce que je vous souhaite.

—Amen! répondit d'une voix cassée la vieille Croix de Hongrie.

Le prêtre se tourna et dans un silence édifiant reprit la lecture de l'évangile. Le vieux Tenso rentra bientôt en gémissant. Des rires étouffés du côté des femmes accueillirent son retour.

Après la messe, les groupes se reformèrent sur la place. La vieille Croix de Hongrie parlait en faveur d'Omer, disant que l'otmika était un fait accompli, qu'il fallait que Tenso se résignât. Les filles disaient qu'Omer était un héros. Les garçons l'enviaient en constatant que Mara était une bien belle fille. Bandi et d'autres jeunes gens étaient partis pour chercher la retraite des otmikari.

Le vieux Tenso, la messe finie, s'était dirigé vers la sacristie. Le curé se dévêtissait des habits sacerdotaux. Il rit en voyant entrer Tenso. Le paysan, d'un air finaud, lui dit:

—C'est vous, notre pasteur, qui avez donné cette idée à Omer. Je sais bien. Vous êtes pour les vieilles idées. Mais les idées pour lesquelles je suis ont les gendarmes pour elles, et Mara me reviendra, morte ou vive.
Le curé sourit:
—Tu as tort, Tenso. Tu as eu ta première femme, celle avec qui tu seras au ciel—si tu y vas—par l'otmika.
—Dieu ait son âme, interrompit Tenso, j'ai mal agi.
—Bien, répondit le curé, mais tu sais qu'au pouvoir d'un garçon, une fille ne reste pas intacte. Que feras-tu de ta fille enceinte? Personne ne voudra l'épouser, et c'est aussi une idée de la ville. Et l'enfant qui viendra, qu'en feras-tu? Et puis, Mara ne déteste pas Omer, comme elle le prétend. Elle m'a dit, au contraire, qu'il lui plaisait, mais qu'elle préférait se marier à la ville pour devenir une dame. Demain, Mara sera folle d'Omer. Ce ne sera pas elle qui refusera de se marier avec lui. Tu es riche, marie les jeunes gens, puis achète-leur un bon commerce à la ville. Ainsi Mara pourra devenir une dame et ses vœux seront comblés. Mais, sur ton âme, souviens-toi de ta jeunesse. Respecte l'otmika, le rapt sacré de notre race.
Le vieux Tenso hésita, toussota, et, finalement, éclata en sanglots, gémissant en phrases brisées:
—Ah! oui... l'otmika... l'otmika... Ma première femme, ma Njera... la mère de Mara... Ma Njera qui sera ma compagne au ciel... j'espère... Oui, il faut les marier... ce sera une belle noce...
Et le curé accompagna Tenso jusqu'au portail de l'église en disant:
—Oui, ce sera une belle noce! Les vêtements sont déjà prêts. Tu seras heureux, ensuite, vieux Tenso, d'avoir marié ta fille à un homme de ta race. Après, tu pourras t'endormir doucement dans la paix du Seigneur, et tes petits-enfants, de ta race, eux aussi, viendront prier sur ta tombe plantée de romarin.
Sur la place, des tziganes étaient venus, jouant de la guitare. Les filles et les garçons dansaient le kolo, et la vieille Croix de Hongrie ballait avec eux.
Ils chantaient:
Il faut les marier, il faut les marier,
Car après l'otmika la fille est enceinte.
Il faut les marier, Tenso, ou la tuer...
Le vieux Tenso regarda un instant le kolo, puis, délibérément, il prit part à la ronde. Et il faisait sauter sa croupe nerveusement, en chantant:
Il faut les marier...
QUE VLO-VE?

La guitare de Que vlo-ve? était un peu du vent qui gémit toujours dans les Ardennes de Belgique...
Que vlo-ve? était la divinité de cette forêt où erra Geneviève de Brabant, depuis les bords de la Meuse jusqu'au Rhin, par l'Eifel volcanique aux mers mortes que sont les mares de

Daun, l'Eifel où jaillit la source de Saint-Apollinaire, et où le lac de Maria Laach est un crachat de la Vierge...
Les yeux de Que vlo-ve? clignotants et chassieux, à chair des paupières rouge de jambon cru, larmoyaient sans cesse et les larmes lui brûlaient les lèvres comme l'eau des fontaines acides qui abondent dans les Ardennes.
Il était le compère des sangliers, le cousin des lièvres, des écureuils, et la vie secouait son âme comme le vent d'est secoue les grappes orangées aux sorbiers des oiseaux...
Que vlo-ve? c'est-à-dire: Que voulez-vous? wallon wallonant de Wallonie était né prussien à Mont, lieu appelé Berg en allemand et situé près de Malmédy sur le chemin qui mène dans ces dangereuses tourbières appelées Hautes-Fanges ou Hautes-Fagnes, ou plus justement Hohe-Venn, puisqu'on est en Prusse déjà, comme l'attestent des poteaux noir et blanc, sable et argent, couleur de nuit, couleur de jour, sur toutes les routes.
Que vlo-ve? préférait son sobriquet à son nom: Poppon Remacle Lehez. Mais si on le saluait de son surnom: Li bai valet (le beau garçon), il faisait résonner l'âme de sa guitare et tapait sur le ventre de son interlocuteur en disant:
—Il sonne creux comme ma guitare, il jase la soif, il n'a plus de péket à pisser.
On se prenait par le bras et sans se tutoyer, car on ne se tutoye jamais en wallon, on allait, nom de Dieu! boire du péket qui est de la plus vulgaire eau-de-vie de grains, à laquelle, en parlant français, on donne par euphémisme le nom de genièvre.
Et c'eût été bien extraordinaire que dans un coin de l'auberge on ne découvrît pas Guyame le poète, qui avait le don d'ubiquité, car on le voyait chez tous les débitants de bière et de péket, entre Stavelot et Malmédy. Et combien de fois était-il arrivé que des gars s'étaient battus, parce que l'un disait:
—J'ai bu hier avec Guyame à la station, il était telle heure.
—Menteur, disait un autre, à la même heure, Guyame était avec nous à l'estaminet du Bonnet à poil, et il y avait là le percepteur des postes et le receveur des contributions.
Et, de fil en aiguille, les gars finissaient par se flanquer des beignes en l'honneur du poète.
Guyame était phtisique et logeait à l'hospice, à Stavelot. Comme on lui donnait partout à boire gratis, Guyame allait boire partout. Et, dès qu'il avait bu, il en contait des contes bleus, des histoires de brigands, de l'autre monde ou à dormir debout! Il en déclamait des vers contre la famille protestante de la place de l'Église, contre le bossu de Francorchamps, et contre la fille rousse de Trois-Ponts, qui allait toujours en automne ramasser les champignons! Pouah! les champignons donnent la crève aux vaches, et elle en bouffait, la roussotte, sans mourir! Ah! la sorcière!... Mais il chantait aussi la gloire des airelles, des myrtilles et le bien que font aux tripes humaines du lait et des myrtilles, c'est-à-dire le tchatcha archidivin, ambroisiaque. Il faisait souvent des vers pour les servantes qui pèlent les krompires, les bonnes pommes de terre, les magna bona...
Ce jour-là, Que vlo-ve? sur la route bordée d'arbres forts et tors, battait le briquet pour allumer sa pipe...

Quatre gars passèrent. C'étaient: Hinri de Vielsalm; Prosper le journalier, qui avait été trimardeur et avait travaillé aussi près de Paris dans les raffineries, il habitait à Stavelot présentement; Gaspard Tassin le chasseur, braconnier de Wanne: son feutre s'ornait d'une aile d'épervier et il fumait une puante bouffarde de bois de genévrier; enfin Thomas le babo, c'est-à-dire le coyon, ouvrier tanneur de Malmédy. Sa femme était assez jolie, ce qui était cause qu'elle couchait avec toutes sortes de gens, bourgeois et ouvriers, tandis qu'il engrossait, quand il pouvait, des ouvrières de fabrique ou des servantes allemandes, qui, disait-il, aimaient aller schlôf avec lui, parce qu'il était expert comme pas un à faire pimpam dur et longtemps.

Après avoir allumé sa pipe, Que vlo-ve? courut après eux et cria:

—Bonjou, tertous!

Ils se retournèrent:

—Bonjou bai' valet!

Que vlo-ve? les regarda joyeusement en prononçant son éternelle question, cause de son sobriquet:

—Que vlo-ve? Nom di Dio! Oyez ma guitare. L'entendez-vous?

Il tapa deux coups dessus. Elle résonna.

—Elle sonne plus creux qu'un pet du diable. Nom de Dieu! Je fais le pari qu'on va boire du péket chez la Chancesse, ici près!... Oyez-ve!...

Et ayant accordé sa guitare, il attaqua la Brabançonne. Mais on cria:

—Taisez-vous!

Alors il commença la Marseillaise, puis après le premier couplet il cria:

—Nom di Dio!

Et entonna:

Isch bin aïn Preusse...

Mais le babo répéta:

—Taisez-vous, vous êtes un Prussien qui ne sait pas l'allemand... Taisez-vous!... je veux aller schlôf avec la Chancesse.

Et les gars chantèrent en chœur:

«... Et s'il en reste un bout ce s'ra pour la servante,
S'il en rest' pas du tout elle se tapera su'l'ventre!
Et zon zon zon Lisette, ma Lisette
Et zon zon zon Lisette, ma Lison.»

On entra chez la Chancesse. Elle disait son chapelet, assise, les jambes écartées. Ses tétons, sous la camisole, semblaient dégringoler comme une avalanche.

Dans un coin, Guyame le poète parlait tout seul devant son verre de péket. En entrant, les gars saluèrent:

—Bonjou vos deusses!

Guyame et la Chancesse répondirent:

—Bonjou tertous!

Elle porta des verres et servit le péket tandis qu'on chantait:

J'entends le cul du verre...
Guyame s'approcha:
—Que vlo-ve? dit le guitariste en rallumant sa pipe.
Guyame versa du péket dans un verre qu'il avait apporté. Il but, fit claquer sa langue, puis lâcha un pet en disant à Prosper:
—Essaye de l'attraper, toi qui as été Parisien.
Et comme c'était le coucher du soleil, un long troupeau de vaches, mené par une petite fille aux pieds nus, passa lentement et longtemps devant l'auberge.
Il faut maintenant prendre son courage à deux mains, car voici l'instant difficile. Il s'agit de dire la gloire et la beauté du gueux déguenillé Que vlo-ve? et du poète Guillaume Wirin, dont les guenilles couvraient aussi un bon gueux gueusant. Allons d'ahan!... Apollon! mon Patron, tu t'essouffles, va-t'en! Fais venir cet autre; Hermès le voleur, digne plus que toi de chanter la mort du Wallon Que vlo-ve? sur laquelle se lamentent tous les elfes de l'Ambléve. Qu'il vienne, voleur subtil, aux pieds ailés,
Hermès, dieu de la lyre et voleur de troupeaux,
qu'il jette sur Que vlo-ve? et sur la Chancesse toutes les mouches ganiques que l'on croit, au nord, tourmenter certaines vies comme une fatalité. Qu'il amène avec soi mon second Patron, en mitre et pluvial, l'évêque saint Apollinaire. Ce dernier voilera le calvaire de bois peint qui pâtit au carrefour;
Et des santons venus des bergeries qu'attristent
Des bêlements et des yeux doux d'agneaux mignons
Mèneront chaque soir vers la croix de ce Christ
Un long troupeau lyrique avec un crâmignon.
La nuit était venue. La Chancesse disait toujours le chapelet. Sur la table, près des bouteilles vides ou pleines de péket, une lampe à pétrole brasillait et fumait. Que vlo-ve? avait tiré du pain et du fromage de tête de cochon. Il mangeait lentement en écoutant jaser ses compagnons, et aussi bouillir l'eau pour le café de la Chancesse.
Guyame raconta l'histoire de Poncin et de ses quatre frères, ce qui signifie le pouce et les quatre autres doigts. Poncin dans l'histoire rossait toujours Longuedame qui est le majeur. Guyame se leva et alla pisser à la porte. En revenant, il dit:
—Je voudrais être dans les fagnes derrière la baraque Michel, je serais assis dans les bruyères et les airelles, et plus heureux que saint Remâcle en sa châsse, nom di Dio! Il y en a-t-il des boules d'or au ciel clair de ce soir! nom di Dio di nom di Dio, le ciel est plein de couilles lumineuses qu'on appelle astres, planètes, étoiles, lunes.
Il but du péket et le babo dit:
—La femme du mayeur m'a dit que j'étais comme la lune. Mais, nom di Dio, Guyame, j'ai trois couilles et la lune n'en est qu'une. Paraît!
—Babo! n'jasez nin comme ça, v's estez la lune malgré vos trois couilles, nom di Dio!... Vous n'avez jamais parlé avec une chaise. Paraît?... Nona!... Eh bien! Demandez voire à une chaise: Qu'est-ce un homme?—C'est un cul, paraît! dist-elle. Demandez à un banc: Qu'est-ce une femme?—C'est un cul, paraît! dist-il. Demandez à l'escabeau et à

l'escabelle: Qu'est-ce un valet et une bacelle? Ce sont deux culs, paraît! disent-ils. Demandez au fauteuil du curé: Qu'est-ce le curé? Qu'est-ce sa servante? Qu'est-ce la nièce du curé, la crapaute du fils Rawaye-Jonceux? Avec le dernier ça fait quatre culs, dist-il, ou huit fesses, paraît! Ha! ha! nom di Dio. V' n'en savez nin comme ça, vous qu'avez trois couilles. Il en faut plus que ça pour atteindre le quorum et ressembler au ciel. Allons, un peu de guitare, là, nom di Dio!... Que vlo-ve?...

Nost'ogne avi li qwat pis blancs
Et les oreyes à l'advinant.
Et l'trou di cou tot neur
Tot neur comme du tcherbon.

—Taisez vous! dit le babo, je veux aller schlôf avec la Chancesse.

—Nom di Dio! cria Que vlo-ve?, vous le babo, vous n'avez même pas de censes pour payer votre péket, vous irez schlôf à Mâmdi ou à Stavleu. Allons, vite! Vous allez boire on vère sol hawai. Faites claquer vosse lainwe, et puis allez-vous en!

Le babo but le verre de péket, fit claquer sa langue, puis:

—Venez un peu, Que vlo ve? Je veux v'grusiner one saquoué.

Que vlo-ve? fit sa question:

—Que vlo-ve?

Puis il prit son couteau et jeta sa guitare sur ses lombes.

Ensuite il s'approcha du babo.

Guyame divaguait:

—De jolies petites vieilles dansent la maclotte dans un jardin de tournesols, les beaux soleils! Que vlo-ve? m'coye binamèye, ne vous battez pas. Le babo vous étranglera comme la rampioule étrangle les arbres...

Prenez garde à vous, Que vlo-ve? Il va vous fout' un coup su l' tiesse.

Dansons la Crâmagnole
Vive le son, Vive le son...
Voilà le plus beau des crâmignons.

Le babo et Que vlo-ve? se dévisageaient, se défiaient, armés chacun d'un couteau. Et à ce moment la Chancesse était plus belle qu'Hélène qui n'était d'ailleurs pas plus jeune qu'elle quand Pâris l'enleva.

La Chancesse avait remis son chapelet dans sa poche et regardait les combattants en grusinant:

—Nom di Dio! one parteye di toupet!

Prosper lui cria:

—C'estait vo, la crapaute!

Puis il se leva et, suivi de ses deux compagnons, il sortit en chantant:

«S'il n'en reste pas du tout elle se tapera sur le ventre
Depuis l' 1er janvier jusqu'au 31 décembre
Et zon zon zon...»

Que vlo-ve? et le babo se défiaient, les yeux dans les yeux:

—Que vlo-ve? j'irai schlôf avec la Chancesse!
—Le babo! La garce est pour les garçons, Mareye, vosse femme est une garce.
—Que vlo-ve? Vous n'savez nin la couleur de son cul.
—Babo! vous n'coucherez maïe avec la Chancesse et vosse femme a la vérole.
Et Que vlo-ve? s'élança sur le babo. Ils s'étreignirent et se donnaient des coups de couteau. Leur sang coulait. La Chancesse pleurait en criant:
—Qué n'affaire!
Et Guyame chantait lentement:
—Je regarde ceci qui peut servir de miroir à l'amour. Belle Chancesse qui faites se battre dans votre débit un héros à trois couilles et un musicien insigne, Que vlo-ve? Li bai valet errant!... Belle Chancesse, c'est moi je crois, qui irai au schlôf avec vous! Préparez, car j'ai faim, une bonne fricassée que je veux magni avec vous, la belle!... Honneur aux héros, dont le sang tombe comme la cascade de Coo. Écoutez! écoutez! oyez-ve!... Les elfes sortent de l'Amblève... L'un pleure parce qu'il a brisé ses petits souliers de verre... Écoutez! écoutez!... Le vent bruit dans les aunes... Belle Chancesse, si les autres se battent, on va baller. Ah! pauv' babo, je vois que c'est vos qu'estés o labrint.
Que vlo-ve? et le babo continuaient à se tirer des pintes de sang en l'honneur de la Chancesse qui dansait maintenant la maclotte vis-à-vis de Guyame, tandis que la bouilloire chantait plus fort. Le babo faiblissait. Que vlo-ve? lui avait fait sauter ses boutons de culotte et, comme elle était tombée, le cul s'étalait cauteleux, contourné, piteux comme deux quartiers de lune. Bientôt, à cause d'un coup habile porté par Que vlo-ve? sa raie culière naturellement sombre, d'un brun verdâtre et velue, s'ensanglanta et à cette aurore, le babo se mit à gémir. Il criait:
—Nenni, je ne ferai pas pim-pam avec la Chancesse. Ah! Que vlo-ve? voilà que j'ai mal aux couilles!
Et Que vlo-ve? s'acharnait.
—Ah! v's avez trois couilles! Friand! Ah! Galant!
Et il lui donna un tel coup de pied dans le ventre que le babo tomba sur son derrière ensanglanté, on eût dit, à cause des menstrues; tandis que Guyame et la Chancesse cessaient leur maclotte.
Mais voici l'instant superbe!...
Que vlo-ve? ivre de sang se rua sur le babo et de son couteau lui laboura la poitrine. Le babo râlait doucement:
—Nom di Dio! Nom di Dio! Nom di Dio!
Ses yeux se renversèrent. Que vlo-ve? se redressa en tenant la main du babo. De son couteau il se mit à couper le bras à la jointure. Le babo cria:
—Aïe! Aïe! vo direz-ve à ma Mareye que je lui envoie on betch d'amour.
Mais la Chancesse cria:
—V'estez cocu! tandis que le babo faisait un dernier soubresaut et mourait comme un poisson près du pêcheur.

Que vlo ve? continuait à couper... Le bras se détacha enfin. Que vlo-ve? poussa un cri de satisfaction et de sauvagerie. Comme son veston roussi de vieillesse et taché de sang avait une pochette sur la poitrine, Que vlo-ve? y enfonça le bras dont la main pendait comme une belle fleur...
La lampe brasillait et fumait... Sur le feu, l'eau était en colère, elle nasillait, ronflait, ronchonnait. Que vlo-ve? affalé sur un banc, caressait sa guitare. Guyame dit:
—Que vlo-ve? m'coye binameye, arveye! Je vous aiderai toujours. Fuyez cette nuit, car les gendarmes vous prendraient demain. Moi, je rentre à l'hospice, et je serai grondé parce que j'arriverai en retard.
Il s'en alla doucement et ses pas résonnèrent longtemps sur la route...
Que vlo-ve? et la Chancesse regardaient le corps. L'eau bouillait. Tout à coup Que vlo-ve? se leva et chanta:
«... Arveye!
Rabrassons-nous pour nous qwitter,
Puisque, c'est houye li dléreine fèye
Et voss' mohonne qui ji vins hanter.
—N'jasez nin comme ça, dit la Chancesse, j' v's ainme, bai valet.
Elle s'approcha de Que vlo-ve? Le cadavre les séparait. Ils s'embrassèrent. Mais le bras du mort étant remonté dans la pochette, droit et pareil à une tige florie de cinq pétales, se trouva entre eux.
Dans la triste lumière, ils embrassèrent la main morte, et, comme la paume était tournée du côté de la Chancesse, les ongles du babo la chatouillèrent au visage. Elle frissonna:
—Ah! douceur de miséricorde!
Et Que vlo-ve? cria:
—Nom di Dio! nom di Dio!
Sur le feu, l'eau murmurait la prière des morts. Que vlo-ve? continuait:
—Nom di Dio! il est mort.
La Chancesse ajouta:
—Le sang coule jusqu'à la porte.
—Il fuit sous la porte, remarqua Que vlo-ve? En descendant, il ira jusqu'à la caserne des carabiniers, et, ceux-ci, en remontant le long de la coulure, arriveront jusqu'au babo. Nom di Dio! nom di Dio! arveye la Chancesse!
Ayant ouvert brusquement la porte il se mit à courir sur la route.
Sa guitare voletait près de lui comme un faucon privé, lui-même bondissait comme un crapaud, et le vent d'est dans la nuit claire battait des ailes comme mille compagnies de perdreaux. Les sorbiers des oiseaux, au bord du chemin, poussaient leurs branches au sud, désespérément. La Chancesse sur la porte cria longtemps:
—Que vlo-ve? li bai valet! Que vlo-ve? Que vlo-ve?
Mais Que vlo-ve? marchait maintenant sur la route. Il prit sa guitare et gratta son chant de mort. En marchant et jouant, il regardait les étoiles habituelles, dont les lueurs versicolores palpitaient. Il songea:

—Je les connais toutes de vue, mais nom di Dio! Je vais subitement les connaître chacune en particulier, nom di Dio!

Or, l'Amblève était proche et coulait froide, entre les aunes qui l'emmantellent. Les elfes faisaient craquer leurs petits souliers de verre sur les perles qui couvrent le lit de la rivière. Le vent perpétuait maintenant les sons tristes de la guitare. Les voix des Elfes traversaient l'eau, et Que vlo-ve? du bord les entendait jaser:

—Mnieu, mnieu, mnieu.

Puis il descendit dans la rivière, et, comme elle était froide, il eut peur de mourir. Heureusement les voix des Elfes se rapprochaient:

—Mnié, mnié, mnié.

Puis, nom di Dio! dans la rivière il oublia brusquement tout ce qu'il savait, et connut que l'Amblève communique souterrainement avec le Lethé, puisque ses eaux font perdre connaissance. Nom di Dio! Mais les elfes jasaient si joliment maintenant, de plus en plus près:

—Mniè, mniè, mniè...

Et partout, à la ronde, les Elfes des pouhons, ou fontaines qui bouillonnent dans la forêt, leur répondaient...

LA ROSE DE HILDESHEIM
OU LES TRÉSORS DES ROIS MAGES

Il y avait, à la fin du siècle dernier, à Hildesheim, pris de Hanovre, une fille qui s'appelait Ilse. Ses cheveux, d'un blond pâle, avaient des reflets un peu dorés et donnaient l'impression d'un clair de lune. Son corps se dressait înel et svelte. Son visage était clair, avenant et rieur, avec une fossette adorable au menton grasset, et des yeux gris qui, sans être fort beaux, seyaient à sa figure et remuaient sans cesse comme des oiseaux. Sa grâce était incomparable. Elle était fort mauvaise ménagère, comme la plupart des Allemandes, et cousait très mal. Les travaux domestiques terminés, elle se mettait au piano et chantait qu'on eût dit d'une sirène, ou bien lisait et semblait, en ce cas, une poétesse.

Quand elle parlait, l'allemand, qui est appelé la langue des chevaux, devenait plus doux que l'italien, qui est la langue des dames. Et parce qu'elle avait l'accent hanovrien, où les S n'ont jamais le son du Ch, son parler était réellement charmeur.

Son père, ayant été autrefois à l'Amérique, y avait épousé une Anglaise, puis, après des ans, était revenu au pays natal habiter la maison paternelle.

C'est une des plus jolies petites villes du monde que Hildesheim. Avec ses maisons peintes, de forme étrange, aux toits démesurés, elle semble sortir d'un conte de fées. Quel voyageur pourrait oublier le spectacle de sa place de l'Hôtel-de-Ville, qui est d'un pittoresque fait pour encadrer du lyrique?

La demeure des parents d'Ilse, comme presque toutes les maisons de Hildesheim, était très haute. Sa toiture, presque verticale, était plus élevée que toute la façade. Ses fenêtres sans volets s'ouvraient en dehors. Elles étaient nombreuses et il n'y avait entre elles que peu d'espace. Sur les portes et les poutres étaient sculptées des figures pieuses ou grimaçantes, commentées par d'anciens vers allemands ou des inscriptions latines. On voyait: les Trois Vertus Théologales, et les Quatre Vertus Cardinales, les Péchés Capitaux, les Quatre Évangélistes, les Apôtres, saint Martin donnant son manteau au mendiant, sainte Catherine et sa roue, des cigognes, des écussons. Le tout peint de bleu, de rouge, de vert et de jaune. Les étages, avançant l'un au-dessus de l'autre, lui donnaient l'air d'un escalier renversé. C'était une maison multicolore et plaisante.

Ilse était venue toute petite dans cette demeure et y avait grandi. Dès qu'elle eut dix-huit ans, le renom de sa beauté alla jusqu'à Hanovre et, de là, à Berlin. Ceux qui venaient visiter la jolie ville de Hildesheim, son rosier millénaire et les trésors de sa cathédrale, ne manquaient pas de venir admirer celle qu'on surnommait la Rose de Hildesheim. Elle fut maintes fois demandée en mariage, mais, invariablement, elle répondait, yeux baissés, à son père qui lui faisait valoir les avantages du dernier prétendant, qu'elle voulait encore rester fille pour jouir de sa jeunesse. Le père disait:

—Tu as tort, mais fais comme tu voudras.

Et le prétendant était oublié.

Lorsqu'Ilse revenait de promenade, toutes les figures découpées sur la maison souriaient en lui souhaitant la bienvenue. Les Péchés lui criaient en chœur:

—Regarde-nous, Ilse. Nous figurons les Sept Péchés Capitaux, c'est vrai. Mais ceux qui nous ont découpés et peints n'avaient eux-mêmes pas assez de malice pour que nous devinssions des péchés mortels. Regarde-nous. Nous sommes sept péchés véniels, sept peccadilles. Nous n'essayons pas de te tenter. Au contraire. Nous sommes si laids!

Les Vertus Théologales et Mondaines, se tenant par la main, comme pour baller en rond, chantaient:

—Ringel, Ringel, Reihe. À nous sept nous figurons ta vertu. Regarde-nous, souris-nous. Aucune de nous n'est si belle que toi! Ringel, Ringel, Reihe.

Or, Ilse avait un cousin qui étudiait à Heidelberg. Il s'appelait Egon. Il était grand, blond, large d'épaules et rêveur. Les jeunes gens se virent à Dresde pendant des vacances et s'aimèrent. Ils se le dirent devant le tableau de Raphaël, l'admirable Madone Sixtine, dont Ilse avait un peu les traits d'angélique douceur.

Egon demanda la main d'Ilse, mais, naturellement, le père exigea fortune et position. Et, retourné à Heidelberg, pendant les loisirs que lui laissaient ses études et les duels de la Hirschgasse, le jeune homme s'en allait du côté du château, dans l'Allée des Philosophes, rêver aux moyens de conquérir la fortune qui devait lui donner sa cousine.

Un dimanche de janvier, comme il était allé au sermon, le pasteur parla des sages d'Orient qui vinrent visiter Jésus dans sa crèche. Il cita le verset de l'Évangile de saint Mathieu, où il n'est rien dit quant au nombre et quant à la condition des pieux personnages qui portèrent à Jésus l'or, l'encens, la myrrhe.

Les jours suivants, Egon ne put s'empêcher de penser à ces sages d'Orient, que, bien que protestant, il se figurait, selon la légende catholique, couronnés et au nombre de trois: Gaspard, Balthasar et Melchior. Les Rois Mages, le nègre au milieu, défilaient devant lui. Il se les figura portant tous trois de l'or. Quelques jours plus tard, il ne les vit plus que sous les traits et le costume de nécromants alchimistes transmuant tout en or sur leur passage.

Toute cette fantasmagorie ne lui était suscitée que parce qu'il aimait l'or qui lui permettrait d'épouser sa cousine. Il en perdit le boire et le manger, comme si, nouveau Midas, il n'eût plus eu pour aliments que les lingots transmués par les astrologues, dont la cathédrale de Cologne s'honore de posséder les ossements.

Il fouilla les bibliothèques, lisant tout ce où il était question des Trois Rois Mages: le vénérable Bède, les légendes anciennes et tous les auteurs modernes qui ont discuté l'authenticité des Évangiles. Puis, en marchant, il roulait des pensées dorées:

—Quelle valeur inestimable doit avoir ce trésor d'or fin! Il n'est écrit nulle part que ce trésor ait été distribué, employé, dépensé, dérobé ou trouvé...

Enfin, un soir, il s'avoua qu'il voulait le trésor des Rois Mages. Outre le bonheur amoureux, cette trouvaille lui donnerait une gloire incontestable.

Ses allures bizarres intriguèrent bientôt les professeurs et les étudiants de Heidelberg. Ceux qui ne faisaient pas partie du même corps que lui n'hésitaient pas à dire qu'il était fou.
Ceux de son association le défendirent, si bien qu'il fut cause d'une série interminable de duels, dont on parle encore aux bords du Neckar. Puis, les anecdotes coururent à son sujet. Un étudiant l'avait suivi au cours d'une de ses promenades dans la campagne. Il raconta qu'Egon s'était approché d'un bœuf et lui avait parlé:
—Je cherche un chérubin. Les analogies m'émeuvent. Je trouve un bœuf. Les chérubins, c'est vrai, sont des bœufs ailés. Mais, dis-moi, beau bœuf qui pâtures... Il se peut que ta bonhomie détienne une part de la science de ces animaux qui font partie d'une des plus nobles hiérarchies célestes. Dis-moi, ne s'est-elle point perpétuée dans ta race, la tradition de Noël? Ne t'honores-tu pas qu'un des tiens ait réchauffé de son souffle l'enfant dans sa crèche? Et, en ce cas, peut-être sais-tu, noble animal créé à l'image des chérubins, sais-tu où est l'or des Rois Mages? Je cherche ce trésor qui me fera riche d'une fortune sacrée. Ô bœuf, mon seul espoir, réponds! J'ai interrogé les ânes, mais ils ne sont que des bêtes, et ne sont l'image de rien de céleste. Hélas! ces énergiques animaux ne savent qu'une réponse: la rauque affirmation germanique.
C'était une fin de crépuscule. Dans les maisons lointaines les lampes s'allumaient. Des villages luisaient à la ronde. Le bœuf tourna la tête lentement et beugla.
À Hildesheim, Ilse, confiante, recevait de son cousin des lettres enthousiastes et amoureuses. Elle et ses parents supposaient qu'Egon était sur le point de faire fortune.
Ce fut l'hiver, la neige tomba, tiède d'aspect comme le duvet des cygnes. Les bonshommes sculptés des maisons en étaient eux-mêmes recouverts et avaient l'air de grelotter. Ce fut Noël avec ses arbres lumineux autour desquels on chante:

L'arbre de Noël, c'est le plus bel arbre
Qui soit sur la terre.
Comme il fleurit joliment, l'arbre miraculeux,
Quand ses fleurettes luisent,
Quand ses fleurettes luisent,
Oui, luisent!

Un matin de gel, où les traîneaux glissaient dans la petite ville, arriva une lettre timbrée de Dresde, où habitaient les parents d'Egon. Le père d'Ilse ne trouvant pas ses lunettes, ce fut elle qui lut la lettre à haute voix. La missive était triste et courte. Le père d'Egon racontait que son fils était devenu fou par amour. Il racontait l'histoire du trésor des Rois Mages que son fils voulait à tout prix, puis ses fureurs qui l'avaient fait interner dans un asile, et que, dans sa folie, il ne cessait de répéter le nom de sa cousine.
À la suite de cette lettre, Ilse commença de dépérir rapidement. Ses joues s'émacièrent, ses lèvres pâlirent, ses yeux prirent plus d'éclat. Elle cessa tous travaux de ménage ou d'aiguille. Elle passait tout son temps au piano ou rêvait. Puis, vers le milieu de février, elle dut s'aliter.

À la même époque, une nouvelle émut tous les habitants de Hildesheim. Le rosier millénaire, témoin miraculeux de la fondation de la ville, se mourait de froid et de vieillesse. Derrière la cathédrale, dans le cimetière clos où il grimpe, son bois antique se desséchait. Tout le monde se désola. La municipalité eut recours aux jardiniers les plus habiles. Tous se déclaraient impuissants à le faire revivre. Enfin, il en vint un, de Hanovre, qui entreprit la cure. Il mit en œuvre les ressources les plus savantes de son art. Et, un matin de commencement de mars, ce fut une grande joie dans Hildesheim. Tout le monde s'abordait en sa félicitant:

—Le rosier est ressuscité. Le jardinier de Hanovre lui a rendu la vie au moyen de sang de bœuf savamment employé.

Ce même matin, les parents d'Ilse pleuraient auprès du cercueil de leur fille morte par amour. Quand on emporta la bière couverte d'un drap blanc, les bonshommes découpés et peints, qui, couverts de neige, grelottaient sur la façade de la vieille maison, semblaient sangloter:

—Ringel, Ringel, Reihe. Adieu, Ilse, pour toujours. Adieu, tes péchés vertueux et tes vertus moins belles que toi. Adieu, pour toujours.

Devant le convoi, un régiment passa. Les tambours et les fifres sonnaient une musique légère et triste. Des femmes disaient, en s'inclinant:

—On a ressuscité le rosier légendaire, mais l'on enterre la Rose de Hildesheim.

LES PÈLERINS PIÉMONTAIS

I

Les pèlerins débouchaient de tous les chemins. Il en venait d'essoufflés, qui avaient grimpé par la rude côte de la Trinité-Victor. Des paysannes arrivaient de Peille et portaient, posés sur un coussinet au-dessus de leur tête, des paniers pleins d'œufs. Elles marchaient très droites, ne remuant qu'imperceptiblement la tête, pour suivre les oscillations de leur fardeau et le maintenir en équilibre. De leurs mains restées libres, elles tricotaient. Un vieux paysan, rasé, avait au bras un coffin plein de galettes saupoudrées de bonbons à l'anis. Il avait vendu une partie de sa marchandise en route et marchait péniblement en fumant sa pipe. Des paysannes riches étaient assises sur leurs mules au sabot assuré. Des filles se donnaient le bras et égrenaient le rosaire. Elles étaient coiffées de ces chapeaux de paille, presque plats, particuliers aux femmes du comté de Nice et pareils à ceux que portaient les dames grecques, comme on peut voir aux statuettes de Tanagre. Quelques-unes avaient cueilli des branches d'olivier dont elles s'éventaient. D'autres marchaient derrière leur mule qu'elles tenaient par la queue. Elles avaient chargé leurs bêtes de présents pour les moines: paniers de figues, barils d'huile, sang caillé d'agneau.

Des troupes de pèlerins élégants, des demoiselles à robes de foulard, des bandes d'Anglais arrivaient de Monaco. Il y avait aussi des croupiers farauds et des groupes de filles monégasques, minaudières et diaprées. Les simples curieux se dirigeaient d'abord vers une des auberges qui font face au couvent de Laghet pour s'y rafraîchir et commander le repas de midi. Les pèlerins sincères allaient de suite au couvent. Les valets des auberges emmenaient les mules à l'écurie. Les pèlerins, hommes et femmes, entraient dans le cloître et se mêlaient à la foule des premiers arrivés, qui, depuis l'aube, tournaient lentement en psalmodiant le rosaire et en regardant les innombrables ex-voto suspendus dans le cloître.

Galerie riche d'anonymes seulement, ce cloître de Laghet, et mystérieuse.

La gaucherie, émerveillée et minutieuse, de l'art primitif qui règne ici a de quoi toucher ceux même qui n'ont pas la foi. Il y a là des tableaux de tous genres, le portrait seul n'y a point de place. Tous les envois sont exposés à perpétuité. Il suffit que la peinture commémore un miracle dû à l'intervention de Notre-Dame de Laghet.

Tous les accidents possibles, les maladies fatales, les douleurs profondes, toutes les misères humaines y sont dépeintes naïvement, dévotement, ingénument...

La mer déchaînée ballotte une pauvre coque dématée sur laquelle est agenouillé un homme plus grand que le vaisseau. Tout semble perdu, mais la Vierge de Laghet veille dans un nimbe de clarté, au coin du tableau. Le dévot fut sauvé. Une inscription italienne l'atteste. C'était en 1811...

... Une voiture emportée par des chevaux indociles roule dans un précipice. Les voyageurs périront, fracassés, sur les rochers. Marie veille au coin du tableau dans le nimbe lumineux. Elle mit des broussailles aux flancs du précipice. Les voyageurs s'y

accrochèrent et, par la suite, suspendirent ce tableau dans le cloître de Laghet, en reconnaissance. C'était en 1830...
Et toujours: en 1850, en 1860, chaque année, chaque mois, presque chaque jour des aveugles virent, des muets parlèrent, des phtisiques survécurent grâce à la dame de Laghet qui sourit doucement nimbée de jaune au coin des tableaux...
Vers dix heures, on entendit des chants italiens. Les pèlerins piémontais arrivaient, las, mais courageux et fervents.
Leurs pieds nus étaient chaussés de poussière. Les yeux brillaient dans les faces maigres et énergiques. Les femmes avaient attaché des feuilles de figuier sur leur tête pour se garantir du soleil de juillet. Quelques-unes mordaient des morceaux de polenta sur lesquels se posaient les tourbillons de mouches soulevées sur leur passage. Des enfants teigneux grignotaient des caroubes ramassées en route. Les Piémontais arrivaient en bandes compactes et interminables. Comme ils étaient gueux, ils venaient à pied du fond de leurs provinces. Tous, hommes et femmes, portaient au-dessus de leurs vêtements le scapulaire brun du Mont-Carmel. La plupart chantaient. Un gars que la pelade avait rendu chauve comme César, serrait entre ses dents une guimbarde qu'il tenait de la main gauche, tandis que de la droite il faisait vibrer son instrument pour accompagner le cantique.
Ceux qui étaient sains portaient les malades à tour de rôle. Un vieillard marchait courbé sous le poids d'un jeune homme, dont les deux jambes avaient été broyées en quelque accident. Il semblait évident qu'aussi puissante fût-elle, Marie ne lui rendrait pas ses jambes. Mais qu'importe au croyant? La Foi est aveugle.
Une fille d'une beauté non pareille, mais dont le visage très pale était semé de taches de rousseur, était portée sur un brancard par sa mère et son frère.
Des béquillards sautillaient de-ci, de-là.
À la vue du couvent et au son des cloches que les moines mirent en branle à ce moment, les Piémontais sentirent leur courage renaître. Leurs chants devinrent plus ardents. Leurs supplications montèrent plus ferventes vers la Vierge, dont le nom revenait toujours comme une litanie:
Santa Maria...
Leurs yeux se levaient au ciel, peut-être en l'espoir d'y voir paraître, en haut, à gauche ou à droite, comme au coin des tableaux votifs, la Vierge de Laghet, nimbée de soleil. Mais le ciel latin restait pur.
En arrivant devant l'église, un homme poussa un cri lamentable et s'abattit en vomissant des flots de sang.
Dans le cloître, une femme tomba en une crise d'épilepsie navrante.
Les pèlerins chantaient. Ils firent dix fois le tour du cloître. Lorsque vint l'heure de la grand'messe, ils entrèrent dans l'église éblouissante d'ors et de flammes de cierges. Les pèlerins humaient avec délices l'odeur d'encens et de cire. Ils s'émerveillaient pieusement des balcons dorés, des colonnes à torsardes, de tout le luxe en stuc du style jésuite.

Un enfant, porté dans les bras de sa mère, criait en tendant les mains vers les navires, les béquilles, les cœurs d'or ou d'argent suspendus aux parois de la nef et du chœur. L'enfant prenait ces ex-votos pour des jouets. Tout-à-coup il se mit à crier: «Bambola» en agitant ses petits bras vers la Vierge miraculeuse, qui, engoncée dans une robe raide de velours chargé de pierreries, souriait sur l'autel. L'enfant pleurait et criait «Bambola», c'est-à-dire poupée, car le simulacre prodigieux et honorable n'est pas autre chose.

Le chœur s'emplit de moines. L'un d'eux vêtu d'habits sacerdotaux monta à l'autel. Les pèlerins et les moines chantèrent à l'unisson. L'accent des moines était pareil à celui des pèlerins venus à pied du Piémont, le matin.

Il y avait de vieux Carmes courbés, dont la voix chevrotait pour répondre, lorsque l'officiant disait: Dominous vobiscoum.

Il y en avait de jeunes, qui, certainement, n'avaient pas encore prononcé de vœux perpétuels.

L'un, grand, fort, et qui portait une couronne de cheveux bruns et drus autour du crâne rasé, se tourna un instant face à la nef où la fille qu'on avait portée sur le brancard se dressa soudain, criant:

—Amedeo! Amedeo! puis retomba, épuisée.

Sa mère et son frère s'empressèrent autour d'elle, tandis que des pèlerins chuchotaient:

—Un miracle! un miracle! L'Apollonia qui, depuis trois ans, ne s'est tenue debout vient de se dresser.

Dans le chœur, le moine avait tressailli et brusquement s'était détourné. Les chants avaient cessé. C'était l'instant de l'élévation, tous ceux qui le pouvaient s'étaient agenouillés. Dans le silence, on entendait distinctement le garçon aux jambes coupées implorer un miracle. Sa voix jeune vibrait en paroles ferventes. Les mots piémontais sonnaient fièrement, concis et distincts:

—Je te le demande, Vierge sainte! moi pauvre estropié, moi, le caganido (excrément du nid), guéris-moi! Rends-moi mes deux jambes afin que je puisse gagner ma vie.

Alors la voix devenait dure et impérieuse:

—M'entends-tu? m'entends-tu? guéris-moi!

Et cela continuait en hoquets blasphématoires, en imprécations hurlées:

—Guéris-moi! sacramento! ou je te casserai la gueule!

À ce moment, la clochette qui tinta fit s'incliner les fronts, tandis que le prêtre élevait l'hostie. L'estropié continuait ses prières mêlées de blasphèmes. La clochette sonna pour la troisième fois. Alors on cria de nouveau:

—Amedeo! Amedeo!

Et les pèlerins, relevant vivement la tête, virent l'Apollonia retomber sur son brancard.

Dans le chœur, le moine se dressa. Il ouvrit la grille et s'avança vers la malade, qui murmurait encore:

—Amedeo! Amedeo!

Il lui demanda durement en son dialecte:

—Que veux-tu?
Elle répondit:
—Basmé... (Embrasse-moi)...
Le moine tremblait, les larmes lui vinrent aux paupières. La mère d'Apollonia le regarda craintivement et lui dit en montrant sa fille:
—Elle est malade.
Et elle insistait:
—Malade! malade! Marota! marota!
Apollonia épuisée le regardait et murmurait:
—Basmé Amedeo! Depuis que tu es parti, les jours furent obscurs comme dans la gueule du loup.
Sa mère répéta le dernier membre de phrase:
—... Schïr cmé'n bucca a u luv.
Penché sur la malade, le moine l'embrassa doucement en disant:
—Apollonia...
Tandis qu'elle murmurait:
—Amedeo...
La mère dit:
—Amedeo, tu peux encore quitter le couvent. Reviens avec nous. Elle mourra sans toi.
Il répétait:
—Apollonia...
Puis, se dressant, décidé, il souleva sa cuculle, la fit passer par-dessus la tête et la laissa tomber. Il dénoua sa cordelière, déboutonna le froc, s'en dévêtit et apparut comme un rude ouvrier piémontais, en tricot et pantalon de velours bleu soutenu par la ceinture de laine rouge.
Dans le fond de l'église, on entendait les rires étouffés des filles monégasques, on distinguait les mots de: «Piafou! Piafi!» qui désignent les Piémontais.
L'enfant qui voulait la Vierge pour poupée pleurait. Sa mère le grondait à haute voix parce qu'elle ne voyait plus à son cou le ruban maintenant la main fermée en corail qui protège les enfants contre les sorts.
Le moine regardait les pèlerins. Il se sentait leur frère, vêtu comme eux et parlant leur dialecte. Tous le contemplaient extasiés, chuchotant:
—Le miracle...
Il fit signe au frère d'Apollonia. Les deux hommes se baissèrent pour soulever le brancard.
L'estropié hurlait:
—Sacramento! guéris-moi! canaille! chienne! ou je te crache au visage.
Amédée prononça tout haut:
—Venez, vous autres, retournons en Piémont.
Et portant le brancard, il sortit suivi de la foule des pèlerins qui criaient:
—Miracle.

Dehors, Apollonia, les yeux hagards, se dressant sur le brancard, haleta:
—Basmé! Amedeo!
Il posa le brancard sur le sol et s'agenouilla. Elle prit sa main, et retomba inerte. Il l'embrassa, éperdu, disant de petits mots tendres. Un médecin venu au pèlerinage par curiosité s'approcha, examina la pauvre fille et déclara:
—C'est fini, elle est morte.
Amédée se dressa, livide. Il regarda les Piémontais qui se taisaient consternés. Puis, levant son poing vers le ciel très bleu, il s'écria:
—Frères chrétiens, le monde est mal fait!
Et il rentra dans le cloître, pour toujours...
Les femmes faisaient des signes de croix, les hommes répétaient l'exclamation douloureuse du moine, en hochant la tête:
—Fradei cristiang, ir mund l'é mal fâa.
La mère écartait les mouches qui venaient aux yeux et sur la bouche de la morte. Les mules piaffaient dans les écuries. Des auberges venait le bruit de la vaisselle entrechoquée. Dans le cloître, on chantait toujours la litanie attristante dominée par le nom de la Vierge:
Santa Maria...
De nouveaux pèlerins arrivaient. D'autres s'en allaient joyeux et ceinturés d'un grand rosaire, à grains gros comme des noix. Dans les futaies, assez loin, un coucou faisait entendre, à intervalles réguliers, sa double note paisible et invariable...

LA DISPARITION D'HONORÉ SUBRAC

En dépit des recherches les plus minutieuses, la police n'est pas arrivée à élucider le mystère de la disparition d'Honoré Subrac.

Il était mon ami, et comme je connaissais la vérité sur son cas, je me fis un devoir de mettre la justice au courant de ce qui s'était passé. Le juge qui recueillit mes déclarations prit avec moi, après avoir écouté mon récit, un ton de politesse si épouvantée que je n'eus aucune peine à comprendre qu'il me prenait pour un fou. Je le lui dis. Il devint plus poli encore, puis, se levant, il me poussa vers la porte, et je vis son greffier, debout, les poings serrés, prêt à sauter sur moi si je faisais le forcené.

Je n'insistai pas. Le cas d'Honoré Subrac est, en effet, si étrange que la vérité paraît incroyable. On a appris par les récits des journaux que Subrac passait pour un original. L'hiver comme l'été, il n'était vêtu que d'une houppelande et n'avait aux pieds que des pantoufles. Il était fort riche, et, comme sa tenue m'étonnait, je lui en demandai un jour la raison:

—C'est pour être plus vite dévêtu, en cas de nécessité, me répondit-il. Au demeurant, on s'accoutume vite à sortir peu vêtu. On se passe fort bien de linge, de bas et de chapeau. Je vis ainsi depuis l'âge de vingt-cinq ans et je n'ai jamais été malade.

Ces paroles, au lieu de m'éclairer, aiguisèrent ma curiosité.

—Pourquoi donc, pensai-je, Honoré Subrac a-t-il besoin de se dévêtir si vite?

Et je faisais un grand nombre de suppositions...

Une nuit que je rentrais chez moi—il pouvait être une heure, une heure un quart—j'entendis mon nom prononcé à voix basse. Il me parut venir de la muraille que je frôlais. Je m'arrêtai désagréablement surpris.

—N'y a-t-il plus personne dans la rue? reprit la voix. C'est moi, Honoré Subrac.

—Où êtes-vous donc? m'écriai-je, en regardant de tous côtés sans parvenir à me faire une idée de l'endroit où mon ami pouvait se cacher.

Je découvris seulement sa fameuse houppelande gisant sur le trottoir, à côté de ses non moins fameuses pantoufles.

—Voilà un cas, pensai-je, où la nécessité a forcé Honoré Subrac à se dévêtir en un clin d'œil. Je vais enfin connaître un beau mystère.

Et je dis à haute voix:

—La rue est déserte, cher ami, vous pouvez apparaître.

Brusquement, Honoré Subrac se détacha en quelque sorte de la muraille contre laquelle je ne l'avais pas aperçu. Il était complètement nu et, avant tout, il s'empara de sa houppelande qu'il endossa et boutonna le plus vite qu'il put. Il se chaussa ensuite et, délibérément, me parla en m'accompagnant jusqu'à ma porte.

—Vous avez été étonné! dit-il, mais vous comprenez maintenant la raison pour laquelle je m'habille avec tant de bizarrerie. Et cependant vous n'avez pas compris comment j'ai pu échapper aussi complètement à vos regards. C'est bien simple. Il ne faut voir là qu'un phénomène de mimétisme... La nature est une bonne mère. Elle a départi à ceux de ses enfants que des dangers menacent, et qui sont trop faibles pour se défendre, le don de se confondre avec ce qui les entoure... Mais, vous connaissez tout cela. Vous savez que les papillons ressemblent aux fleurs, que certains insectes sont semblables à des feuilles, que le caméléon peut prendre la couleur qui le dissimule le mieux, que le lièvre polaire est devenu blanc comme les glaciales contrées où, couard autant que celui de nos guérets, il détale presque invisible.

C'est ainsi que ces faibles animaux échappent à leurs ennemis par une ingéniosité instinctive qui modifie leur aspect.

Et moi, qu'un ennemi poursuit sans cesse, moi, qui suis peureux et qui me sens incapable de me défendre dans une lutte, je suis semblable à ces bêtes: je me confonds à volonté et par terreur avec le milieu ambiant.

J'ai exercé pour la première fois cette faculté instinctive, il y a un certain nombre d'années déjà. J'avais vingt-cinq ans, et, généralement, les femmes me trouvaient avenant et bien fait. L'une d'elles, qui était mariée, me témoigna tant d'amitié que je ne sus point résister. Fatale liaison!... Une nuit, j'étais chez ma maîtresse. Son mari, soi-disant, était parti pour plusieurs jours. Nous étions nus comme des divinités, lorsque la porte s'ouvrit soudain, et le mari apparut un revolver à la main. Ma terreur fut indicible, et je n'eus qu'une envie, lâche que j'étais et que je suis encore: celle de disparaître. M'adossant au mur, je souhaitai me confondre avec lui. Et l'événement imprévu se réalisa aussitôt. Je devins de la couleur du papier de tenture, et mes membres, s'aplatissant dans un étirement volontaire et inconcevable, il me parut que je faisais corps avec le mur et que personne désormais ne me voyait. C'était vrai. Le mari me cherchait pour me faire mourir. Il m'avait vu, et il était impossible que je me fusse enfui. Il devint comme fou, et, tournant sa rage contre sa femme, il la tua sauvagement en lui tirant six coups de revolver dans la tête. Il s'en alla ensuite, pleurant désespérément. Après son départ, instinctivement, mon corps reprit sa forme normale et sa couleur naturelle. Je m'habillai, et parvins a m'en aller avant que personne ne fût venu... Cette bienheureuse faculté, qui ressortit au mimétisme, je l'ai conservée depuis. Le mari, ne m'ayant pas tué, a consacré son existence à l'accomplissement de cette tâche. Il me poursuit depuis longtemps à travers le monde, et je pensais lui avoir échappé en venant habiter à Paris. Mais, j'ai aperçu cet homme, quelques instants avant votre passage. La terreur me faisait claquer des dents. Je n'ai eu que le temps de me dévêtir et de me confondre avec la muraille. Il a passé près de moi, regardant curieusement cette houppelande et ces pantoufles abandonnées sur le trottoir. Vous voyez combien j'ai raison de m'habiller sommairement. Ma faculté mimétique ne pourrait pas s'exercer si j'étais vêtu comme tout le monde. Je ne pourrais pas me déshabiller assez vite pour échapper à mon bourreau, et il importe, avant tout, que je sois nu, afin que mes vêtements, aplatis contre la muraille, ne rendent pas inutile ma disparition défensive.

Je félicitai Honoré Subrac d'une faculté dont j'avais les preuves et que je lui enviais...

Les jours suivants, je ne pensai qu'à cela et je me surprenais, à tout propos, tendant ma volonté dans le but de modifier ma forme et ma couleur. Je tentai de me changer en autobus, en Tour Eiffel, en Académicien, en gagnant du gros lot. Mes efforts furent vains. Je n'y étais pas. Ma volonté n'avait pas assez de force, et puis il me manquait cette sainte terreur, ce formidable danger qui avait réveillé les instincts d'Honoré Subrac...

Je ne l'avais point vu depuis quelque temps, lorsqu'un jour, il arriva affolé:

—Cet homme, mon ennemi, me dit-il, me guette partout. J'ai pu lui échapper trois fois en exerçant ma faculté, mais j'ai peur, j'ai peur, cher ami.

Je vis qu'il avait maigri, mais je me gardai de le lui dire.

—Il ne vous reste qu'une chose à faire, déclarai-je. Pour échapper à un ennemi aussi impitoyable: partez! Cachez-vous dans un village. Laissez-moi le soin de vos affaires et dirigez-vous vers la gare la plus proche.

Il me serra la main en disant:

—Accompagnez-moi, je vous en supplie, j'ai peur!

Dans la rue, nous marchâmes en silence. Honoré Subrac tournait constamment la tête, d'un air inquiet. Tout à coup, il poussa un cri et se mit à fuir en se débarrassant de sa houppelande et de ses pantoufles. Et je vis qu'un homme arrivait derrière nous en courant. J'essayai de l'arrêter. Mais il m'échappa. Il tenait un revolver qu'il braquait dans la direction d'Honoré Subrac. Celui-ci venait d'atteindre un long mur de caserne et disparut comme par enchantement.

L'homme au revolver s'arrêta stupéfait, poussant une exclamation de rage, et, comme pour se venger du mur qui semblait lui avoir ravi sa victime, il déchargea son revolver sur le point où Honoré Subrac avait disparu. Il s'en alla ensuite, en courant...

Des gens se rassemblèrent, des sergents de ville vinrent les disperser. Alors, j'appelai mon ami. Mais il ne me répondit pas.

Je tâtai la muraille, elle était encore tiède, et je remarquai que, des six balles de revolver, trois avaient frappé à la hauteur d'un cœur d'homme, tandis que les autres avaient éraflé le plâtre, plus haut, là où il me sembla distinguer vaguement, vaguement, les contours d'un visage.

LE MATELOT D'AMSTERDAM

Le brick hollandais, l'Alkmaar, revenait de Java, chargé d'épices et d'autres matières précieuses.

Il fit escale à Southampton, et les matelots eurent permission de descendre à terre.

L'un d'eux, Hendrijk Wersteeg, emportait un singe sur l'épaule droite, un perroquet sur l'épaule gauche, et, en bandoulière, un ballot de tissus indiens qu'il avait l'intention de vendre dans la ville ainsi que ses animaux.

On était au commencement du printemps, et la nuit tombait encore de bonne heure. Hendrijk Wersteeg marchait d'un bon pas dans les rues un peu brumeuses que la lumière du gaz n'éclairait qu'à peine. Le matelot pensait à son prochain retour à Amsterdam, à sa mère qu'il n'avait pas vue depuis trois ans, à sa fiancée qui l'attendait à Monikendam. Il supputait l'argent qu'il retirerait de ses animaux et de ses étoffes, et il cherchait la boutique où il pourrait vendre ces marchandises exotiques.

Dans Above Bar Street, un monsieur très correctement mis l'aborda, en lui demandant s'il cherchait un acheteur pour son perroquet:

—Cet oiseau, dit-il, ferait bien mon affaire. J'ai besoin de quelqu'un qui me parle sans que j'aie à lui répondre, et je vis tout seul.

Comme la plupart des matelots hollandais, Hendrijk Wersteeg parlait l'anglais. Il fit son prix qui convint à l'inconnu.

—Suivez-moi, dit ce dernier. J'habite assez loin. Vous mettrez vous-même le perroquet dans une cage que j'ai chez moi. Vous déballerez vos étoffes, et peut-être en trouverai-je à mon goût.

Tout heureux de l'aubaine, Hendrijk Wersteeg s'en alla avec le gentleman, auquel, dans l'espoir de le lui vendre aussi, il fit, en route, l'éloge de son singe, qui était, disait-il, d'une race fort rare, une de celles dont les individus résistent le mieux au climat de l'Angleterre et qui s'attachent le plus à leur maître.

Mais, bientôt, Hendrijk Wersteeg cessa de parler. Il dépensait ses paroles en pure perte, car l'inconnu ne lui répondait pas et ne semblait même point l'écouter.

Ils continuèrent leur route en silence, l'un à côté de l'autre. Seuls, regrettant leurs forêts natales, aux tropiques, le singe, effrayé dans la brume, poussait parfois un petit cri semblable au vagissement d'un enfant nouveau-né, le perroquet battait des ailes.

Au bout d'une heure de marche, l'inconnu dit brusquement:

—Nous approchons de chez moi.

Ils étaient sortis de la ville. La route était bordée de grands parcs, clos de grilles; de temps en temps brillaient, à travers les arbres, les fenêtres éclairées d'un cottage, et l'on entendait, à intervalles, dans le lointain, le cri sinistre d'une sirène, en mer.

L'inconnu s'arrêta devant une grille, tira de sa poche un trousseau de clefs, et ouvrit la porte qu'il referma après que Hendrijk l'eut franchie.

Le matelot était impressionné, il distinguait à peine, dans le fond d'un jardin, une petite villa d'assez bonne apparence, mais dont les persiennes fermées ne laissaient passer aucune lumière.

L'inconnu silencieux, la maison sans vie, tout cela était assez lugubre. Mais Hendrijk se souvint que l'inconnu habitait seul:

—C'est un original! pensa-t-il, et comme un matelot hollandais n'est pas assez riche pour qu'on l'attire dans le but de le dévaliser, il eut honte de son moment d'anxiété.

—Si vous avez des allumettes, éclairez-moi, dit l'inconnu en introduisant une clef dans la serrure qui fermait la porte du cottage.

Le matelot obéit, et, dès qu'ils furent à l'intérieur de la maison, l'inconnu apporta une lampe, qui éclaira bientôt un salon meublé avec goût.

Hendrijk Wersteeg était complètement rassuré. Il nourrissait déjà l'espoir que son bizarre compagnon lui achèterait une bonne partie de ses étoffes.

L'inconnu, qui était sorti du salon, revint avec une cage:

—Mettez-y votre perroquet, dit-il, je ne le placerai sur un perchoir que lorsqu'il sera apprivoisé et saura dire ce que je veux qu'il dise.

Puis, après avoir fermé la cage où l'oiseau s'effarait, il pria le matelot de prendre la lampe et de passer dans la pièce voisine où se trouvait, disait-il, une table commode pour y étaler des étoffes.

Hendrijk Wersteeg obéit et alla dans la chambre qui lui était indiquée. Aussitôt, il entendit la porte se refermer derrière lui, la clef tourna. Il était prisonnier.

Interdit, il posa la lampe sur la table et voulut se ruer contre la porte pour l'enfoncer. Mais une voix l'arrêta.

—Un pas et vous êtes mort, matelot!

Levant la tête, Hendrijk vit par une lucarne qu'il n'avait pas encore aperçue, le canon d'un revolver braqué sur lui. Terrifié, il s'arrêta.

Il n'y avait pas à lutter, son couteau ne pouvait lui servir dans la circonstance; un revolver même eût été inutile. L'inconnu qui le tenait à sa merci s'abritait derrière le mur, à côté de la lucarne d'où il surveillait le matelot, et où passait seule la main qui braquait le revolver.

—Écoutez-moi bien, dit l'inconnu, et obéissez. Le service forcé que vous allez me rendre sera récompensé. Mais vous n'avez pas le choix. Il faut m'obéir sans hésiter, sinon je vous tuerai comme un chien. Ouvrez le tiroir de la table... Il y a là un revolver à six coups, chargé de cinq balles... Prenez-le.

Le matelot hollandais obéissait presque inconsciemment. Le singe, sur son épaule poussait des cris de terreur et tremblait. L'inconnu continua:

—Il y a un rideau au fond de la chambre. Tirez-le.

Le rideau tiré, Hendrijk vit une alcôve, dans laquelle, sur un lit, pieds et mains liés, bâillonnée, une femme le regardait avec des yeux pleins de désespoir.

—Détachez les liens de cette femme, dit l'inconnu, et ôtez-lui son bâillon.

L'ordre exécuté, la femme, toute jeune et d'une beauté admirable, se jeta à genoux du côté de la lucarne en s'écriant:

—Harry, c'est un guet-apens infâme! Vous m'avez attirée dans cette villa pour m'y assassiner. Vous prétendiez l'avoir louée afin que nous y passions les premiers temps de notre réconciliation. Je croyais vous avoir convaincu. Je pensais que vous étiez finalement certain que je n'ai jamais été coupable!... Harry! Harry! je suis innocente!

—Je ne vous crois pas, dit sèchement l'inconnu.

—Harry, je suis innocente! répéta la jeune dame d'une voix étranglée.

—Ce sont vos dernières paroles, je les enregistre avec soin. On me les répétera toute ma vie. Et la voix de l'inconnu trembla un peu, mais redevint ferme aussitôt: Car je vous aime encore, ajouta-t-il, si je vous aimais moins, je vous tuerais moi-même. Mais cela me serait impossible, car je vous aime...

Maintenant, matelot, si avant que je n'aie compté jusqu'à dix, vous n'avez pas logé une balle dans la tête de cette femme, vous tomberez mort à ses pieds. Un, deux, trois...

Et avant que l'inconnu eût eu le temps de compter jusqu'à quatre, Hendrijk affolé, tira sur la femme qui, toujours à genoux, le regardait fixement. Elle tomba la face contre le sol. La balle l'avait frappée au front. Aussitôt, un coup de feu parti de la lucarne, vint

frapper le matelot à la tempe droite. Il s'affaissa contre la table, tandis que le singe, poussant des cris aigus d'épouvante, se cachait dans sa vareuse.
Le lendemain, des passants ayant entendu des cris étranges venus d'un cottage de la banlieue de Southampton, avertirent la police qui arriva bientôt pour enfoncer les portes.
On trouva les cadavres de la jeune dame et du matelot.
Le singe, sorti brusquement de la vareuse de son maître, sauta au nez de l'un des policiers. Il les effraya tous à un tel point, qu'ayant fait quelques pas en arrière, ils l'abattirent à coups de revolver avant d'oser approcher de nouveau.
La justice informa. Il parut clair que le matelot avait tué la dame et s'était suicidé ensuite. Néanmoins, les circonstances du drame paraissaient mystérieuses. Les deux cadavres furent identifiés sans peine, et l'on se demanda comment lady Finngal, femme d'un pair d'Angleterre, s'était trouvée seule, dans une maison de campagne isolée, avec un matelot arrivé la veille à Southampton.
Le propriétaire de la villa ne put donner aucun renseignement propre à éclairer la justice. Le cottage avait été loué, huit jours avant le drame, à un soi-disant Collins, de Manchester, qui d'ailleurs demeura introuvable. Ce Collins portait des lunettes, il avait une longue barbe rousse qui pouvait fort bien être fausse.
Le lord arriva de Londres, en toute hâte. Il adorait sa femme, et sa douleur faisait peine à voir. Comme tout le monde, il ne comprenait rien à cette affaire.
Depuis ces événements, il s'est retiré du monde. Il vit dans sa maison de Kensington, sans autre compagnie qu'un domestique muet et un perroquet qui répète sans cesse:
—Harry, je suis innocente!

HISTOIRE D'UNE FAMILLE VERTUEUSE, D'UNE HOTTE ET D'UN CALCUL

Un matin, à cinq heures, une insomnie m'avait fait me lever et sortir. C'était la fin de mars. Les rues bleuissaient, froides et désertes. Des porteurs de journaux passaient. Les sous-sols des boulangeries laissaient sortir la chaleur de la dernière fournée, et des gens nus et enfarinés gesticulaient, tachés de lueurs venues du brasier. Je suivis le boulevard de Courcelles et longeai le parc Monceau, à cette heure plein de chants d'oiseaux et du mystère suscité par l'étang que veille la colonnade ruinée, tandis que les arbres élançaient le galbe de leurs fûts et secouaient leur frondaison nouvelle.

Un homme passa, tenant un crochet, une lanterne sourde, et chargé d'une hotte. Je le suivis et le vis s'approcher successivement de plusieurs boîtes à ordures où il fouillait avec son crochet. Après avoir visité quelques boîtes, l'homme, voyant que je ne le quittais pas, se retourna et souleva sa lanterne, qu'il darda sur ma face afin de m'examiner. En même temps il m'apostropha:

—Voudriez-vous, me faire concurrence?

—Dieu garde! m'écriai-je. Je suis seulement curieux et voudrais vous accompagner afin de visiter votre hotte sous votre surveillance, chez vous.

Il dit:

—J'y consens. Mais ne me troublez pas, suivez-moi sans rien dire.

J'obéis. Nous errâmes ainsi jusque vers neuf heures du matin. Vers six heures, nous passâmes aux Halles. Je vis, près de la fontaine des Innocents, un homme vêtu de haillons multicolores comme une mosaïque, agenouillé devant un tas d'ordures, et cherchant des bribes d'aliments putrides qu'il mangeait avidement. Il était nu-tête et ses cheveux pendaient, roux comme ceux d'un Christ. Vers sept heures et demie, nous traversâmes le pont d'Austerlitz et croisâmes un char plein de peaux de moutons dont l'odeur m'épouvanta, bien que j'eusse déjà flairé tant de tas d'ordures depuis l'aube.

La hotte de mon compagnon étant pleine, nous gagnâmes rapidement la place d'Italie, puis nous sortîmes de Paris, car le chiffonnier demeurait au Kremlin-Bicêtre.

Il me fit entrer dans sa bicoque donnant sur un terrain vague. Cette demeure exhalait une odeur nauséabonde. Le chiffonnier me présenta sa famille. C'était d'abord sa femme enceinte, dont le ventre soulevait la jupe presque jusqu'aux genoux. Son mari l'excusa:

—Elle est féconde, monsieur, et belle aussi. Mais les vêtements ne lui sont pas avantageux. Nue, son ventre s'arrondit comme une perle.

Il cria:

—Nicolas! et me dit: C'est mon fils.

Nicolas, gars de treize ans, bien fait, peu vêtu et débraillé comme un Attys, me fit des courbettes. Je dis à son père:

—Belle progéniture, mon compagnon, que la vôtre: Nicolas vous fait honneur. Ses vêtements ouverts montrent sa peau délicate que la crasse orne d'ombres. Il est fait comme le Prince, Charmant et

Près des pyramides de Malpighi
La tour d'ivoire se dresse
sainement, vertueusement.

Puis, le chiffonnier fit venir une fille de quinze ans, svelte, înelle, coiffée d'une énorme tignasse huileuse. Cette fille s'appelait Geneviève. Je la saluai lyriquement:

—Ses cheveux distillent de l'huile comme l'olive, mais sa peau, au contraire de celle de la Truitonne du conte de fées, n'est pas huileuse. Ses dents sont belles comme des gousses d'ail. Ses yeux sont noirs comme les fruits du micocoulier. Ses lèvres sont comme deux tranches de bigarade et en ont peut-être la saveur amère. Son fichu qui palpite écrase sans raison les arbouses de ses seins. Mon compère, mon compère, d'avoir une si belle famille, vous êtes plus enviable qu'un empereur!

Le chiffonnier sourit et dit glorieusement:

—J'en descends. Je me nomme Pertinax Restif, pour vous servir.

—Quoi! m'écriai-je, descendriez-vous de cet imprimeur trop vertueux, si vertueux qu'il en paraissait abject? On le prit pour un domestique le 21 mars 1756... Le saviez-vous? Il était en gros bergopzom vert, à glands et brandebourgs, avec un gros manchon d'ours, à ceinture de poil... Il se promenait avec une femme, une des seules qu'il eût traitée en sœur. Une dame les appela et leur demanda: «Êtes-vous gens de maison!...» Vous descendez de Restif de La Bretonne et, comme lui, êtes vertueux!

Le chiffonnier prit un air sévère, en disant:

—Plus vertueux que lui!

Je ne le crus pas, et pourtant j'ajoutai sérieusement:

—Votre médiocrité n'a que ce qu'elle mérite. Vous n'êtes que des chiffonniers.

Pertinax Restif gesticula évasivement en souriant narquoisement. Il fit quelques pas de rigaudon, puis dit en me regardant dans le blanc des yeux:

—Cette mode de baller est passée. Soit, mais j'aime cette danse. La vertu n'est plus de mode, soit! mais je l'aime... Je suis un Lyonnais, un gône natif de la Croix-Rousse. Après mon service, j'étais marchand d'habits. J'habitais la montée du Tire-cul, où je revenais las, chaque soir, pour avoir crié: «Marchand de pattes!» depuis le matin, dans tous les quartiers. J'avais une sœur, jolie boyaude qui gagnait trois francs par jour. Nous étions orphelins et vivions ensemble. Que voulez-vous? nous n'étions coureurs ni l'un ni l'autre. La popotte, la famille, un bon chez-soi... nous étions heureux, et le bonheur engendre toute vertu. Le sang vertueux de notre ancêtre nous cria de ne point gâcher ce bonheur, d'être vertueux jusqu'au bout. Nous fîmes l'amour. Les vieux habits, les chapeaux rougis et éraillés ne rapportant pas assez, je devins chiffonnier. Je fouillai les équevilles. Des trouvailles me récompensaient parfois de fouilles souvent infructueuses. Pourtant, nous vînmes ici, au Kremlin-Bicêtre. Je continuai mon métier, chaque matin. À Paris, au lieu d'équevilles, je fouille les ordures: le nom seul a changé. Et je vis heureusement, vertueusement, élevant ces enfants que m'a donnés mon épouse, ma sœur.

J'écoutai avec peine ce récit. Un malaise indéfinissable faisait battre mes tempes, et j'éprouvais un grand dégoût pour cette famille et l'odeur de sa maison. La Thamar de Pertinax Restif écoutait droite et les yeux hagards. Sa face défigurée par le masque de la grossesse s'allongeait comme celle d'une serve mal nourrie. Sa lippe pendait, en signe atavique de bonté, et, un peu de salive s'écoulant sans mousser, dénotait un abrutissement honnête et une vertu de chienne. Ses bras ballaient. À un moment, elle souleva sa main droite pour gratter sa tête peut-être pouilleuse. Je lui vis à l'annulaire une vilaine bague dont le chaton sertissait une opale: pierre de malheur, gemme infâme, mélange immonde de pissat, de crachats, de sperme et d'yeux écrasés. Les enfants, pendant le récit de leur père, s'étaient mis à pleurer. Ils avaient saisi ses mains et les baisaient en les mouillant de leurs larmes. Devant toute cette vertu, mon âme elle-même devint douceâtre, mon cerveau s'emplit des idées les plus médiocres. Des larmes montèrent à mes paupières. Tout devint trouble, opalin, autour de moi. Mais, par bonheur, des sanglots refoulés ayant imprimé un roulis au ventre de la Thamar, je souris, riotai, rigolai, et m'inclinai débonnairement pour baiser la main de cette femme qui, d'émotion, secouait sa panse.

Comme s'il eût craint une parturition soudaine, Pertinax Restif regardait avec une sollicitude inquiète ce ventre agité. Il murmurait seulement:

—Ventre sororal de mon épouse. Ô ma perle... ma perle fine!

Ce fut alors que cette femme sentimentale prononça les seules paroles que j'aie entendues d'elle:

—Les perles meurent.

Cette phrase me fit de nouveau venir la larme à l'œil, tandis que Pertinax Restif déclamait à faux ces vers qu'il avait certainement composés, même le dernier:

La mort nous posera dans le giron divin.
En attendant, vivons parmi les équevilles.
Vertu, ce mot sacré n'est peut-être pas vain,
Joignons donc nos vertus, ma sœur, mon fils, ma fille...
Où peut-on être mieux qu'au sein de sa famille!

Mes larmes se séchèrent instantanément. La nudité du jeune Nicolas s'était apaisée. Je me plus à répéter:

Près des pyramides de Malpighi,
La tour d'ivoire se dresse,
Mais penchée comme la tour de Pise.

Puis, me tournant vers le chiffonnier:

—Mon compère, mon compère, voilà où vous ont mené votre vertu et celle de M. Nicolas, votre ancêtre; vous n'êtes qu'un chiffonnier, et pourtant vous descendez d'un empereur.

Pertinax Restif parut froissé, mais il rougit d'orgueil en déclarant:

—Je suis un patriarche.

—Bien! insistai-je, patriarche! père de famille! tu tiens à perpétuer la vertu. Mais vois! Au début de la généalogie, un empereur; à la fin, un chiffonnier content de son sort. Décemment et vertueusement ton fils sera vidangeur. Heureusement pour lui, ce métier n'existe plus guère, et ce sont des machines qui vident les fosses...

Mais le reste d'orgueil de Pertinax Restif l'empêcha de comprendre. Il reprit:

—Oui, je descends d'un empereur, mais je suis un patriarche.

Et, gravement, il alla tirer d'une armoire un vieux coffret ciré, en bois de noyer. Il en tira un vélin roulé à un cylindre de buis. Je reconnus la généalogie établie par le père de Restif de la Bretonne, et transcrite par celui-ci dans l'introduction de Monsieur Nicolas ou le cœur humain dévoilé. Le chiffonnier déroula le vélin et en lut emphatiquement le début:

«Pierre Pertinax, autrement Restif, descend en ligne directe de l'empereur Pertinax, successeur de Commode, et auquel succéda Didius Julianus, élu empereur parce qu'il fut assez riche pour tenir l'enchère à laquelle les soldats avaient mis le souverain pouvoir.

«Or, l'empereur Helvius Pertinax eut un fils posthume, aussi nommé Helvius Pertinax, dont Caracalla ordonna la mort, uniquement parce qu'il était fils d'un empereur. Mais, un affranchi, qui portait le nom de son maître, s'offrit généreusement aux assassins qu'il trompa...»

Le chiffonnier s'interrompit. L'orgueil étincelait dans ses yeux. Son épouse incestueuse, et les enfants l'admiraient. Le relent de pourriture qui flottait dans la maison devint héroïque comme la puanteur d'un champ de bataille. Je tirai mon mouchoir, me mouchai bruyamment et déclarai péremptoirement:

—Mon compagnon, mon compère, vous m'avez promis de me laisser visiter votre hotte.

Les faces redevinrent honnêtes, les odeurs nauséabondes. Pertinax Restif roula le vélin sur le cylindre de buis. Il alla ranger le coffret dans l'armoire. Ensuite, il porta la hotte dans le terrain vague. Je l'y suivis. Le butin de la matinée fut répandu sur le sol. J'en examinai chaque pièce, que je passais au fur et à mesure à Pertinax Restif qui triait le tout.

Je trouvai: des timbres-poste oblitérés, enveloppes de lettres, des boîtes d'allumettes, des billets de faveur pour divers théâtres, une cuiller de métal, sans valeur, du tulle illusion froissé, des morceaux de balayeuses, des rubans fanés, des mégots de cigares, des fleurs artificielles flétries, un faux-col gauchi, des épluchures de pommes de terre, des écorces d'oranges, des pelures d'oignons, des épingles à cheveux, des cure-dents, de petits écheveaux emmêlés de cheveux, un vieux corset sur lequel s'était collée une tranche de citron, un œil de verre, une lettre froissée que je mis à part. Je la transcris:

!sig «Monsieur et cher maître,

«Excusez mon importunité. Mais, comme vous êtes un peu la cause de mes déboires, j'ai pensé que vous voudriez peut-être m'aider en l'occurrence.

«J'eusse préféré vous parler personnellement et non par lettre, mais je sais que les grands hommes sont difficiles à approcher:

Non licet omnibus adire Corinthum.

«Voici, Monsieur. J'étais élève dans le collège que les Prémontrés tiennent à Saint-Cloud. J'étais bon élève de seconde, plein de ce que l'on nommait l'esprit de la maison. Malheureusement, ou qui sait? heureusement, un externe introduisit un de vos livres dans la boîte. C'était, je m'en souviens, votre célèbre roman, dont le titre est un nom latin francisé à la Corneille: Brute! L'action de ce roman est située, d'ailleurs, dans le faubourg Saint-Germain.

«Ce livre, je l'avoue et vous le savez, est cochon par endroits. Il me perdit, monsieur. J'eus l'envie irrésistible de connaître votre œuvre entière. Par l'externe, je fis acheter: Les Roses qu'on arrose, Les Passions de la Congaye, Le Chien amoureux, et ce livre énorme, Kollioth. J'avais tout cela dans mon casier, au collège. En même temps, j'écrivis, vers et prose. Vos livres et mes écrits furent pigés. Vos livres sont à l'index, vous n'en doutez pas. Mes écrits tournaient en ridicule nombre d'institutions que les Prémontrés ont coutume d'honorer. On en conclut que je n'avais plus l'esprit de la maison. Les préjugés de mes maîtres prévalurent contre les qualités du bon élève que j'étais. On me mit à la porte, on me renvoya, monsieur, malgré les supplications de mes parents qui, dès ce jour, se séparèrent de moi, m'enjoignant de gagner ma vie et me refusant presque toute aide.

«Oui, cher Maître, je suis dans une telle situation, dont un Anglo-Saxon s'accommoderait, mais qui peut gêner un Français de quinze ans.

«Dans cette détresse, j'ai recours à vous, etc., etc.»

Suivaient diverses protestations, le nom et l'adresse.

Je continuai de fouiller les ordures. Je trouvai encore: un peigne édenté, quelques rubans de décorations tenant à des boutons de culotte, un abat-jour déchiré mais charmant, une pipe, quelques flacons à parfumerie, des fioles de pharmacie, une éponge, un paquet de cartes transparentes, non obscènes,—l'acheteur, trompé par un camelot, les avait jetées de dépit—un carnet contenant les comptes faits par une cuisinière au sujet du marché, un éventail brisé, des gants dépareillés, une brosse à dents, du marc de café, des boîtes de conserves éventrées, des os, un de ces œufs de bois que l'on met dans les chaussettes à raccommoder, et enfin une bague étrange que j'achetai au chiffonnier. Cette bague était en or, avec une pierre blanchâtre dont j'ignorais le nom. Je la payai. Puis, comme la hotte était presque vide et ne contenait plus que quelques fragments de miroir et un baromètre brisé d'où coulaient encore quelques gouttes de mercure, je me levai remerciant Pertinax Restif et promettant de revenir le visiter. Mais cet homme hocha la tête en disant:

—Revenez avant six mois, en ce cas. Car, au bout de ce temps, j'espère avoir mis de côté un pécule suffisant pour m'établir dans le sud de la France. Nous gagnerons par étapes Nice ou Monaco, de toute façon, le plus près possible de la Turbie.

—Pourquoi la Turbie? demandai-je.

Il répondit gravement:

—Parce que cette commune est le berceau de notre race, le lieu natal de mon illustre ancêtre, l'empereur romain Pertinax.

Je souris, souhaitai bonne chance et dis adieu à cet homme vertueux. Je négligeai de prendre congé de sa famille, et m'en allai sans tourner la tête.
Rentré chez moi, j'examinai les deux trouvailles qui, jetées dans des boîtes à ordures, en deux endroits de Paris, s'étaient trouvées réunies dans la hotte de Pertinax Restif. Je rangeai la lettre avec différents documents exhilarants ou navrants que je possède, et pris la bague sur moi, dans la poche de mon gilet.
Quelques jours après, je me trouvais en soirée chez de riches bourgeois. On annonça le sénateur X... et son fils. Ce sénateur était de la parenté de la maîtresse de maison, son nom était celui dont était signée la lettre de potache que j'ai donnée. Le sénateur X..., gras, laid, l'air protestant, entra, très digne, poussant devant soi son fils assez gauche, vêtu d'un uniforme de lycéen, et le visage couvert de boutons pointés de noir. Je conçus que la sévérité paternelle s'était apaisée et qu'un lycée avait accueilli le jouvenceau, que les moines avaient rejeté. Au bout de quelques moments, on annonça l'auteur de Brute! et de Kollioth. Je vis le lycéen rougir. Le grand homme entra avec désinvolture. Pendant les présentations, il fut charmant; mais rien dans sa physionomie ne décela qu'il eût quelque connaissance du cas du collégien. Celui-ci me parut du reste enchanté et persuadé que le grand homme n'avait pas tenu sa lettre. L'écrivain entouré, fêté, raconta toutes sortes d'histoires, fit la gazette de la semaine, et ce fut un mélange extraordinaire de calembours, de recettes de cuisine, de conseils pour la toilette, d'aventures personnelles et d'anecdotes de toute sorte, souvent raides et salées. Voici la dernière:
—Une actrice d'un petit théâtre est entretenue par un vieux qui, je crois, est un homme politique. Elle le trompe avec un de mes amis de qui je tiens l'histoire. Le vieillard, amoureux et jaloux à la folie, se croit aimé, comme il est juste. Il dut, il y a quelque temps, subir une opération douloureuse. L'actrice, paraît-il, ne s'enquit jamais de la santé du malade et fit même un voyage à Nice à l'époque de l'opération. Le vieillard fut affecté de cette indifférence. Lorsqu'il revit la dame en question, il lui fit des reproches. L'actrice fit semblant de ne jamais s'être doutée de la gravité du cas, et ajouta qu'ayant elle-même subi diverses opérations, pour ovaires, kyste et appendicite, elle était blasée sur ces incidents et ne craignait jamais pour la vie de quelqu'un, dès qu'elle le savait aux mains des chirurgiens. Le vieillard connut par là que l'indifférence de la belle ne venait pas d'un désamour, mais marquait seulement une confiance illimitée dans la science. L'actrice lui donna nonobstant des preuves d'amour irréfutables, et, comme il se croyait beau garçon, il ne douta pas d'être aimé, puisqu'il était aimable. Cet homme, versé dans diverses sciences sociales fort importantes, et qu'on eût pu croire sérieux, imagina un moyen bizarre, assez dégoûtant, pour commémorer sa guérison. Il invita l'actrice à un souper fort galant, tête à tête, dans un grand restaurant. Sous sa serviette, la dame trouva un étui ravissant, qu'elle ouvrit. L'étui ne contenait qu'une bague fort simple, ornée d'une pierre dont l'actrice ignorait le nom. Elle remercia le vieil amant, qui lui donna ces explications: «Cette bague, ma chère enfant, doit t'être à jamais précieuse. Qu'elle soit à jamais le souvenir de notre amour. Cette bague porte, à l'intérieur, la date

gravée du jour où nous nous connûmes, et la pierre qui l'orne, c'est un calcul de ma vessie...»

À ce moment de la narration du grand homme, j'entendis haleter étrangement près de moi. Je compris que c'était le sénateur X... qui soufflait ainsi. Mais personne n'y prit garde, car on était fortement intéressé par le récit. Moi-même, j'étais occupé à tâter dans la poche de mon gilet la bague trouvée dans la botte du vertueux Pertinax Restif.

L'écrivain célèbre continuait:

—L'actrice referma l'étui. Cet incident lui avait coupé l'appétit. Et la bague lui répugnait.

Une petite dame s'exclame:

—Elle avait dû en voir bien d'autres, pourtant!

—C'est vrai, repartit le narrateur, mais la nature humaine est ainsi faite. L'actrice était certainement cuirassée à l'égard de choses plus repoussantes. Néanmoins, elle ne put supporter la bague en question. Le soir même, elle la jeta aux ordures...

Un petit cri, la chute d'un corps, interrompirent le narrateur et nous firent sursauter. Le sénateur X... venait de s'abattre près de sa chaise. On s'empressa autour de lui. Il était violet, gonflé et irrémédiablement mort, comme un éléphant, du cœur brisé.

Mentalement, j'honorai cette victime de l'amour. Le lendemain, ne pouvant supporter d'avoir en ma possession la bague devenue relique, j'allai dans une église, la déposer sur un autel.

LA SERVIETTE DES POÈTES

Placé sur la limite de la vie, aux confins de l'art, Justin Prérogue était peintre. Une amie vivait avec lui et des poètes venaient le voir. Tour à tour, l'un d'eux dînait dans l'atelier où la destinée mettait, au plafond, des punaises en guise d'étoiles.

Il y avait quatre convives qui ne se rencontraient jamais à table.
David Picard venait de Sancerre; il descendait d'une famille juive christianisée, comme il y en a tant dans la ville.
Léonard Delaisse, tuberculeux, crachait sa vie d'inspiré, avec des mines à mourir de rire.
Georges Ostréole, les yeux inquiets, méditait, comme autrefois Hercule, entre les entités du carrefour.
Jaime Saint-Félix savait le plus d'histoires; sa tête pouvait tourner sur ses épaules, comme si le cou n'avait été que vissé dans le corps.
Et leurs vers étaient admirables.
Les repas n'en finissaient pas, et la même serviette servait tour à tour aux quatre poètes, mais on ne le leur disait pas.
Cette serviette, petit à petit, devint sale.
Voici du jaune d'œuf près d'une traînée sombre d'épinards. Voila des ronds de bouches vineuses et cinq marques grises laissées par les doigts d'une main au repos. Une arête de poisson a percé la trame du lin comme une lance. Un grain de riz a séché, collé dans un angle. Et de la cendre de tabac assombrit certaines parties plus que les autres.
—David, voilà votre serviette, disait l'amie de Justin Prérogue.
—Il faudra aussi penser à acheter des serviettes, disait Justin Prérogue, marque ça pour quand on aura de l'argent.
—Votre serviette est sale, David, disait l'amie de Justin Prérogue, je vous la changerai la prochaine fois. La blanchisseuse n'est pas venue cette semaine.
—Léonard, prenez votre serviette, disait l'amie de Justin Prérogue. Vous pouvez cracher dans le coffre à charbon. Comme votre serviette est sale! Je vous la changerai dès que la blanchisseuse m'aura rapporté du linge.
—Léonard, il faudra que je fasse ton portrait te représentant en train de cracher, disait Justin Prérogue, et j'ai même envie d'en faire une sculpture.
—Georges, j'ai honte de vous donner toujours la même serviette, disait l'amie de Justin Prérogue, je ne sais pas ce que fait la blanchisseuse. Elle ne me rapporte pas mon linge.
—Commençons à manger, disait Justin Prérogue.
—Jaime Saint-Félix, je suis obligée de vous donner encore la même serviette. Je n'en ai pas d'autre aujourd'hui, disait l'amie de Justin Prérogue.
Et le peintre faisait tourner la tête du poète pendant tout le repas en écoutant beaucoup d'histoires.
Et des saisons passèrent.
Les poètes se servaient tour à tour de la serviette et leurs poèmes étaient admirables.

Léonard Delaisse crachait sa vie plus comiquement encore, et David Picard se mit aussi à cracher.
La serviette vénéneuse infesta tour à tour, après David, Georges Ostréole et Jaime Saint-Félix, mais ils ne le savaient pas.
Semblable à une loque ignoble d'hôpital, la serviette se tacha du sang qui venait aux lèvres des quatre poètes, et les dîners n'en finissaient pas.
Au commencement de l'automne, Léonard Délaisse cracha le reste de sa vie.
Dans différents hôpitaux, secoués par la toux comme des femmes par la volupté, les trois autres poètes moururent à peu de jours d'intervalle. Et tous les quatre laissaient des poèmes si beaux qu'ils semblaient enchantés.
On mit leur mort au compte, non de la nourriture, mais de la malefaim et des veilles lyriques. Car, se peut-il vraiment qu'une seule serviette puisse tuer, en si peu de temps, quatre poètes incomparables?
Les convives morts, la serviette devint inutile.
L'amie de Justin Prérogue voulut la mettre au sale.
Et elle la déplia en pensant: «Elle est vraiment trop sale et elle commence à sentir mauvais.»
Mais, la serviette dépliée, l'amie de Justin Prérogue eut un étonnement et appela son ami qui s'émerveilla:
—C'est un vrai miracle! Cette serviette si sale, que tu étales avec complaisance, présente, grâce à la saleté coagulée et de diverses couleurs, les traits de notre ami défunt, David Picard.
—N'est-ce pas? murmura l'amie de Justin Prérogue.
Tous deux, en silence, regardèrent quelques instants l'image miraculeuse et puis, doucement, firent tourner la serviette.
Mais ils pâlirent aussitôt en voyant apparaître l'épouvantable aspect à mourir de rire de Léonard Délaisse s'efforçant de cracher.
Et les quatre côtés de la serviette offraient le même prodige.
Justin Prérogue et son amie virent Georges Ostréole indécis et Jaime Saint-Félix sur le point de raconter une histoire.
—Laisse cette serviette, dit brusquement Justin Prérogue.
Le linge tomba et s'étala sur le plancher.
Justin Prérogue et son amie tournèrent longtemps comme des astres autour de leur soleil, et cette Sainte-Véronique, de son quadruple regard, leur enjoignait de fuir sur la limite de l'art, aux confins de la vie.

L'AMPHION FAUX MESSIE
OU
HISTOIRES ET AVENTURES DU BARON D'ORMESAN

I
LE GUIDE

Il y avait bien quinze ans que je n'avais pas vu Dormesan, un de mes camarades de collège. Je savais seulement qu'après avoir édifié une fortune assez considérable et l'avoir dissipée, il guidait les étrangers dans Paris.
Je le rencontrai, un jour, devant un des plus grands hôtels des boulevards. Mâchonnant un cigare, il attendait patiemment des clients.
Il me reconnut le premier et m'arrêta au passage. Voyant que son visage ne me rappelait rien, il se fouilla et me tendit ensuite une carte qui portait: Baron Ignace d'Ormesan. Je le serrai dans mes bras, et, sans m'étonner de son anoblissement sans doute récent, je lui demandai si les affaires marchaient, si l'étranger donnait cette année.
—Me prendriez-vous pour un guide, s'écria-t-il indigné, un guide, un simple guide?
—Je croyais, balbutiai-je, on m'avait dit...
—Ta ta ta! Ceux qui vous l'ont dit plaisantaient. Vous me faites l'effet d'un homme qui demanderait à un peintre connu si le bâtiment marche bien. Je suis artiste, cher ami, et, qui plus est, j'ai invente mon art moi-même, et je suis seul à l'exercer.
—Un nouvel art? Peste!
—Ne vous moquez point, dit-il sur un ton sévère, je suis très sérieux.
Je m'excusai et il reprit d'un air modeste:
—Endoctriné dans tous les arts, j'y excelle: mais, toutes les carrières artistiques sont encombrées. Désespérant de me faire un nom comme peintre, je brûlai tous mes tableaux. Renonçant aux lauriers poétiques, je déchirai cent cinquante mille vers environ. Ayant ainsi institué ma liberté dans l'esthétique, j'inventai un nouvel art, fondé sur le péripatétisme d'Aristote. Je nommai cet art: l'amphionie, en souvenir du pouvoir étrange que possédait Amphion sur les moellons et les divers matériaux en quoi consistent les villes.
Au reste, ceux qui feront de l'amphionie seront appelés des amphions.
Comme à un nouvel art il fallait une nouvelle Muse et que, d'autre part, j'étais moi-même le créateur de cet art et par conséquent sa muse, j'adjoignis tout simplement à la troupe des Neuf Sœurs ma personnification féminine, sous le nom de baronne d'Ormesan. Je dois ajouter que je suis célibataire et que j'eus d'autant moins de scrupules à porter à dix le nombre des Muses, que j'étais en cela d'accord avec les lois de mon pays, relatives au système décimal.
Maintenant que voici clairement exposées, je crois, les origines historiques et les données mythologiques de l'amphionie, je veux vous l'expliquer.

L'instrument de cet art et sa matière sont une ville dont il s'agit de parcourir une partie, de façon à exciter dans l'âme de l'amphion ou du dilettante des sentiments ressortissant au beau et au sublime, comme le font la musique, la poésie, etc.
Pour conserver les morceaux composés par l'amphion, et pour que l'on puisse les exécuter de nouveau, il les note sur un plan de la ville, par un trait indiquant très exactement le chemin à suivre. Ces morceaux, ces poèmes, ces symphonies amphioniques se nomment des antiopées, à cause d'Antiope, la mère d'Amphion.
Pour ma part, c'est à Paris que je pratique l'amphionie.
Voici une antiopée que j'ai composée ce matin même. Je l'ai intitulée: «Pro Patria». Elle est destinée, comme son titre l'indique, à inspirer l'enthousiasme, les sentiments patriotiques.
On part de la place Saint-Augustin où se trouvent une caserne et la statue de Jeanne d'Arc. On suit ensuite la rue de la Pépinière, la rue Saint-Lazare, la rue de Châteaudun jusqu'à la rue Laffitte, où l'on salue la maison Rothschild. On revient par les grands boulevards jusqu'à la Madeleine. Les grands sentiments s'exaltent à la vue de la Chambre des députés. Le ministère de la Marine, devant lequel on passe, donne une haute idée de la défense nationale, et l'on monte l'avenue des Champs-Élysées. L'émotion est extrême à voir se dresser la masse de l'Arc de Triomphe. À l'aspect du dôme des Invalides, les yeux se mouillent de larmes. On tourne vite dans l'avenue Marigny, pour conserver cet enthousiasme, qui arrive à son comble devant le palais de l'Élysée.
Je ne vous cache point que cette antiopée serait plus lyrique, aurait plus de grandeur si on pouvait la terminer devant le palais d'un roi. Mais, que voulez-vous? Il faut prendre les choses et les villes comme elles sont.
—Mais, dis-je en riant, je fais de l'amphionie tous les jours. Il ne s'agit que de promenade...
—Monsieur Jourdain!... s'écria le baron d'Ormesan, vous dites vrai, vous faisiez de l'amphionie sans le savoir.
À ce moment, une troupe d'étrangers sortit de l'hôtel; le baron se précipita et leur parla dans leur langage. Il m'appela ensuite:
—Vous le voyez, je suis polyglotte. Mais, venez avez nous. Je vais exécuter à ces touristes une antiopée résumée, quelque chose comme un sonnet amphionique. C'est un des morceaux qui me rapportent le plus. Il est intitulé: Lutèce, et, grâce à certaines licences non poétiques mais amphioniques, il me permet de montrer tout Paris en une demi-heure.
Nous montâmes, les touristes, le baron et moi, sur l'impériale de l'omnibus Madeleine-Bastille. En passant devant l'Opéra, le baron d'Ormesan l'annonça à haute voix. Il ajouta, en indiquant la succursale du Comptoir d'Escompte:
—Palais du Luxembourg, le Sénat.
Devant le Napolitain, il dit emphatiquement:
—L'Académie française.

Devant le Crédit Lyonnais, il annonça l'Élysée, et, continuant de cette façon, il avait montré, lorsque nous arrivâmes à la Bastille: nos principaux musées, Notre-Dame, le Panthéon, la Madeleine, les grands magasins, les ministères et les demeures de nos hommes illustres morts et vivants; enfin, tout ce qu'un étranger doit voir à Paris. Nous descendîmes de l'omnibus. Les touristes payèrent largement le baron d'Ormesan. J'étais émerveillé et je le lui dis. Il me remercia modestement et nous nous quittâmes.

Quelque temps après, je reçus une lettre datée de la prison de Fresnes. Elle était signée du baron d'Ormesan:

—Cher ami, m'écrivait cet artiste, j'avais composé une antiopée intitulée: La Toison d'or. Je l'exécutai un mercredi soir. Je partis de Grenelle, où j'habite, sur un bateau-mouche. C'était, comme vous pouvez le voir, une évocation savante de la fable argonautique. Vers minuit, rue de la Paix, je brisai quelques vitrines de bijoutiers. On m'arrêta assez brutalement, et on m'incarcéra sous le prétexte que je m'étais emparé de divers objets d'or qui constituaient la Toison, but de mon antiopée. Le juge d'instruction n'entend rien à l'amphionie, et je vais être condamné si vous n'intervenez pas. Vous savez que je suis un grand artiste. Proclamez-le, et délivrez-moi.

Comme je ne pouvais rien pour le baron d'Ormesan, et que je n'aime pas avoir affaire avec la Justice, je ne lui répondis même pas.

II
UN BEAU FILM

—Qui n'a pas un crime sur la conscience? demanda le baron d'Ormesan. Pour ma part, je ne les compte plus. J'en ai commis quelques-uns qui m'ont rapporté pas mal d'argent. Et si je ne suis pas millionnaire aujourd'hui, il faut accuser mes appétits plutôt que mes scrupules.

En 1901, j'avais fondé avec quelques amis la Cinematographic International Company, que nous appelions plus brièvement la C. I. C. Il s'agissait d'obtenir des films d'un très grand intérêt et de donner ensuite des représentations cinématographiques dans les principales villes d'Europe et d'Amérique. Notre programme était très bien composé. Grâce à l'indiscrétion d'un valet de chambre, nous avions pu obtenir l'intéressante scène représentant le lever du président de la République. Nous avions également cinématographié la naissance du prince d'Albanie. D'autre part, à prix d'or, en corrompant quelques fonctionnaires du Sultan, nous avions fixé à jamais, dans sa mobilité, l'impressionnante tragédie où le grand-vizir Melek-Pacha, après des adieux déchirants à ses femmes et ses enfants, but le mauvais café, par ordre de son maître, sur la terrasse de sa maison de Péra.

Il nous manquait la représentation d'un crime. Mais on ne connaît pas d'avance l'heure d'un forfait, et il est rare que les criminels agissent ouvertement.

Désespérant de nous procurer, par des moyens licites, le spectacle d'un attentat, nous décidâmes d'en organiser un dans une villa que nous louâmes à Auteuil. Nous avions d'abord pensé à engager des acteurs pour mimer le crime qui nous manquait, mais, outre que nous eussions trompé nos futurs spectateurs en leur offrant des scènes truquées, habitués que nous étions à ne cinématographier que de la réalité, nous ne pouvions être satisfaits par un simple jeu théâtral, si parfait fût-il. Nous eûmes aussi l'idée de tirer au sort celui qui d'entre nous devait se dévouer et commettre le crime qu'enregistrerait notre appareil. Mais cette perspective ne sourit à personne. Nous étions, en somme, une société d'honnêtes gens, et nul ne se souciait de perdre l'honneur, même dans un but commercial.

Une nuit, nous nous embusquâmes au coin d'une rue déserte, près de la villa que nous avions louée. Nous étions six, tous armés de revolvers. Un couple passa. C'étaient un jeune homme et une jeune femme, dont la mise recherchée nous parut très propre à fournir les éléments intéressants d'un crime sensationnel. Silencieux, nous bondîmes sur le couple, le ligottâmes et le transportâmes dans la villa. Nous l'y laissâmes sous la garde de l'un d'entre nous. Nous nous remîmes en embuscade et un monsieur à favoris blancs, en vêtements de soirée, ayant paru, nous allâmes à sa rencontre et l'entraînâmes dans la villa, malgré sa résistance. L'aspect de nos revolvers eut raison de son courage et de ses cris. Notre photographe disposa son appareil, fit la lumière convenable et se tint prêt à enregistrer le crime. Quatre d'entre nous se placèrent à côté du photographe et braquèrent leurs revolvers sur nos trois captifs. Le jeune homme et la jeune femme s'étaient évanouis. Je les déshabillai avec des attentions touchantes. À la jeune femme j'ôtai sa jupe et son corsage, et je laissai le jeune homme en bras de chemise. Puis, je m'adressai au monsieur en habit:

—Monsieur, lui dis-je, mes amis et moi nous ne vous voulons aucun mal. Mais nous exigeons de vous, et sous peine de mort, que vous assassiniez, avec le poignard que je dépose à vos pieds, cet homme et cette femme. Vous vous efforcerez avant tout de les faire revenir de leur évanouissement. Vous prendrez garde qu'ils ne vous étranglent. Et comme ils sont désarmés, nul doute que vous n'en veniez à bout.

—Monsieur me dit poliment le futur assassin, il faut bien céder à la violence. Vos dispositions sont prises et je ne veux pas tenter de vous faire revenir sur une résolution dont la raison ne m'apparaît pas clairement, mais je vous demande une grâce, une seule: permettez-moi de me masquer.

Nous nous concertâmes et reconnûmes qu'il valait mieux, pour lui aussi bien que pour nous, qu'il fût masqué. Je lui attachai sur le visage un mouchoir auquel je fis des trous à la place des yeux, et le sacripant commença son ouvrage.

Il frappa dans les mains du jeune homme. Notre appareil fonctionnait et enregistrait cette scène lugubre.

L'assassin, de la pointe de son poignard, piqua sa victime au bras. Le jeune homme bondit sur ses pieds et sauta avec une force décuplée par l'effroi sur le dos de son agresseur. Il y eut une courte lutte. La jeune femme revint aussi de son évanouissement et se précipita au secours de son ami. Mais elle tomba la première, frappée au cœur d'un coup de poignard. Puis ce fut le tour du jeune homme. Il s'affaissa, la gorge coupée. L'assassin fit bien les choses. Son mouchoir n'avait pas été dérangé pendant cette lutte. Il le conserva tant que notre appareil fonctionna:

—Êtes-vous contents, messieurs, nous demanda-t-il, et puis-je maintenant faire ma toilette?

Nous le félicitâmes, il se lava les mains, se recoiffa, se brossa.

Ensuite, l'appareil s'arrêta.

L'assassin attendit que nous eussions fait disparaître les traces de notre passage, à cause de la police qui ne manquerait pas de venir le lendemain. Nous sortîmes tous ensemble. L'assassin prit congé de nous en homme du monde. Il retournait en toute hâte à son cercle, car, point de doute qu'il ne gagnât le soir même, après une pareille aventure, des sommes fabuleuses. Nous saluâmes ce joueur, en le remerciant, et fûmes nous coucher.

Nous avions notre crime sensationnel.

Il fit un bruit énorme. Les victimes étaient la femme du ministre d'un petit État des Balkans et son amant, fils du prétendant à la couronne d'une principauté de l'Allemagne du Nord.

Nous avions loué la villa sous un faux nom, et le gérant, pour ne point avoir d'ennuis, déclara reconnaître son locataire dans le jeune prince. La police fut sur les dents pendant deux mois. Les journaux publièrent des éditions spéciales, et, comme nous avions commencé notre tournée, vous pouvez imaginer notre succès. La police ne supposa pas un instant que nous offrions la réalité de l'assassinat du jour. Nous avions cependant soin de l'annoncer en toutes lettres. Mais le public ne s'y trompa point. Il nous fit un accueil enthousiaste et, tant en Europe qu'en Amérique, nous gagnâmes de quoi distribuer aux membres de notre association, au bout de six mois, la somme de trois cent quarante-deux mille francs.

Comme le crime avait fait trop de bruit pour rester impuni, la police finit par arrêter un Levantin, qui ne put fournir d'alibi valable pour la nuit du crime. Malgré ses protestations d'innocence, il fut condamné à mort et exécuté. Nous eûmes encore bien de la chance. Notre photographe put, par un heureux hasard, assister à l'exécution, et nous corsâmes notre spectacle d'une nouvelle scène, bien faite pour attirer la foule.

Lorsqu'au bout de deux ans, pour des raisons sur lesquelles je ne m'étendrai pas, notre association fut dissoute, j'avais touché, pour ma part, plus d'un million, que je reperdis aux courses l'année suivante.

III
LE CIGARE ROMANESQUE

—Il y a de cela quelques années, me dit le baron d'Ormesan, un de mes amis me donna une boîte de havanes, qu'il me recommanda comme étant de la même qualité que ceux dont le défunt roi d'Angleterre ne pouvait se passer.

Le soir, lorsque j'eus soulevé le couvercle, je me réjouis beaucoup de l'arome que répandaient les cigares merveilleux. Je les comparai aux torpilles bien rangées d'un arsenal. Arsenal pacifique! Torpilles que le rêve a inventées pour combattre l'ennui! Puis, ayant pris délicatement un des cigares, je trouvai que ma comparaison avec les torpilles était inexacte. Il ressemblait plutôt à un doigt de nègre, et la bague de papier doré contribuait à augmenter l'illusion que la belle couleur brune m'avait suggérée. Je perçai soigneusement le cigare, l'allumai et commençai à tirer avec béatitude des bouffées parfumées.

Au bout de quelques instants il ne me vint plus dans la bouche qu'une saveur désagréable, et la fumée de mon cigare me parut avoir une odeur de papier brûlé:

—Le roi d'Angleterre me paraît avoir en fait de tabac, me dis-je, des goûts moins raffinés que je n'aurais supposé. Il est possible, après tout, que la fraude si répandue de nos jours n'épargne même plus le palais et la gorge d'Édouard VII. Tout s'en va. Il n'y a plus moyen de fumer un bon cigare.

Et faisant la grimace je cessai de fumer le mien qui, décidément, sentait le carton brûlé. Je l'examinai un instant en pensant:

—Depuis que ces Américains ont la haute main sur Cuba, il se peut que la prospérité de l'île ait progressé, mais les havanes ne sont plus fumables. Ces Yankees ont sans doute appliqué aux plantations de tabac les procédés de la culture moderne, les cigarières ont été certainement remplacées par des machines. Tout cela est peut-être économique et rapide, mais le cigare y perd beaucoup. D'autant plus que celui que j'ai honte de fumer à l'instant me donne tout lieu de croire que les falsificateurs s'en mêlent et que, de vieux journaux, trempés dans de la nicotine, tiennent maintenant lieu de feuilles de tabac chez les manufacturiers havanais.

J'en étais là de mes réflexions, et j'avais défait mon cigare, afin d'examiner les éléments qui le composaient. Je ne fus pas très surpris de découvrir, disposé de telle façon qu'il n'avait pas empêché le cigare de tirer, un rouleau de papier que je m'empressai de dérouler. Il était formé d'une feuille de papier entourant, comme pour la protéger, une petite enveloppe fermée qui portait cette adresse:

Sen. Don José Hurtado y Barral,
Calle de los Angeles,
Habana.

Sur la feuille de papier, dont le bord supérieur était un peu roussi, je lus avec stupéfaction, tracées d'une écriture féminine, en espagnol, quelques lignes dont voici la traduction:

Enfermée contre mon gré dans le couvent de la Merced, je prie le bon chrétien qui aura l'idée de rechercher de quoi se compose ce mauvais cigare, d'envoyer à son adresse la lettre ci-jointe.

Étonné et très ému, je pris mon chapeau et fus mettre la lettre à la poste. Ensuite je revins chez moi et allumai un second cigare. Il était excellent, les autres aussi. Mon ami ne s'était pas trompé. Le roi d'Angleterre se connaissait fort bien en tabacs de la Havane.

Cinq ou six mois après cet incident romanesque je n'y pensais plus, lorsqu'un jour on m'annonça la visite d'un nègre et d'une négresse fort bien mis, qui me priaient instamment de les recevoir, ajoutant que je ne les connaissais pas et que leur nom sans doute ne me dirait rien.

Et c'est très intrigué que j'entrai dans le salon où l'on avait introduit le couple exotique.

Le monsieur nègre se présenta avec aisance, s'expriment dans un français très intelligible:

—Je suis, me dit-il, Don José Hurtado y Barral...

—Quoi! c'est vous? m'écriai-je très étonné, et me rappelant soudain l'histoire du cigare.

Mais, je dois avouer qu'il ne me serait jamais venu à l'idée que le Roméo havanais et sa Juliette pussent être des nègres.

Don José Hurtado y Barral reprit avec courtoisie:

—C'est moi.

Et me présentant sa compagne il ajouta:

—Voici ma femme. Elle l'est devenue grâce à votre obligeance, car des parents impitoyables l'avaient enfermée dans un couvent, où les nonnes, tout le jour, fabriquent des cigares destinés exclusivement à la cour pontificale et à celle d'Angleterre.

Je n'en revenais pas. Hurtado y Barral continua:

—Nous appartenons tous deux à de riches familles noires. Il y en a un certain nombre à Cuba. Mais, le croiriez-vous, le préjugé de la couleur existe aussi bien chez les nègres que chez les blancs.

Les parents de ma Dolorès voulaient à tout prix qu'elle épousât un blanc. Ils souhaitaient surtout pour gendre un Yankee, et, désolés de la résolution bien arrêtée qu'elle avait de m'épouser, ils la firent enfermer dans le plus grand secret au couvent de la Merced.

Ne sachant comment retrouver Dolorès, j'étais désespéré et prêt à me tuer, lorsque la lettre que vous avez eu la bonté de jeter à la poste me rendit le courage. J'enlevai ma fiancée, et depuis elle est devenue ma femme...

Et certes, monsieur, nous eussions été bien ingrats si nous n'avions pris pour but de notre voyage de noces à Paris où nous avions le devoir de venir vous remercier.

Je dirige à cette heure une des plus importantes manufactures de cigares de la Havane, et voulant vous dédommager du mauvais cigare que vous avez fumé par notre faute, je vous adresserai deux fois par an une provision de cigares du premier choix, n'attendant pour faire expédier le premier envoi que d'avoir consulté votre goût.

Don José avait appris le français à la Nouvelle-Orléans, et sa femme le parlait sans accent, car elle avait été élevée en France...
Peu de temps après, les jeunes héros de cette aventure romanesque retournèrent à La Havane. Je dois ajouter qu'ingrat, ou bientôt mécontent de son mariage, je ne sais, Don José Hurtado y Barral ne m'a jamais fait tenir les cigares qu'il m'avait promis...

IV
LA LÈPRE

Comme on venait de constater que la langue italienne n'offre que peu de difficultés, le baron d'Ormesan protesta avec l'assurance d'un homme qui parle une quinzaine d'idiomes européens ou asiatiques:

—Pas difficile, l'italien? Quelle erreur!... Il se peut que ses difficultés soient peu apparentes, mais elles n'en existent pas moins, croyez-moi. J'en ai fait l'expérience. Elles furent cause que je faillis attraper la lèpre, ce mal terrible qui, semblable aux difficultés que présente la langue italienne, se cache, semble avoir disparu, tandis qu'il n'en continue pas moins à étendre ses ravages à travers les cinq parties du monde.

—La lèpre!

—À cause de l'italien?

—Racontez-nous ça!

—Ce doit être affreux!

En écoutant ces exclamations qui prouvaient le succès de sa déclaration paradoxale, le baron d'Ormesan souriait. Je lui tendis la boîte de cigares. Il en choisit un, l'alluma, après en avoir retiré la bague qu'il mit à son auriculaire droit, selon une sotte habitude qui lui venait d'Allemagne. Puis, après avoir lancé quelques bouffées triomphantes sur ceux qui l'entouraient, il commença sur un ton de condescendance assez vaine:

—Il y a près de douze ans, je voyageais en Italie. J'étais à cette époque un linguiste très ignorant. Je parlais fort mal l'anglais et l'allemand. Pour l'italien, je macaronisais, c'est-à-dire que je me servais de mots français auxquels j'ajoutais des terminaisons sonores, j'usais aussi de mots latins; bref, je me faisais comprendre.

Je venais de parcourir à pied une partie importante de la Toscane, lorsque j'arrivai un soir, vers six heures, dans une jolie bourgade où je devais coucher. À l'unique auberge de l'endroit, on m'avertit que toutes les chambres étaient retenues par une troupe d'Anglais.

L'aubergiste me conseilla de demander asile au curé. Il me reçut fort bien et parut charmé de mon langage hybride, qu'il voulut bien, et c'était trop d'honneur, comparer à la langue du Songe de Poliphile. Je lui répondis que je me contentais d'imiter involontairement le Merlin Coccaie. Il rit beaucoup, en me disant que justement il se nommait Folengo, ce qui me parut un hasard assez extraordinaire. Ensuite, il me mena à sa chambre qu'il me montra. Je voulus refuser. Mais rien n'y fit. Ce digne abbé Folengo entendait l'hospitalité d'une façon toscane, sans doute, car il ne manifesta même pas l'intention de changer les draps de son lit. J'y devais coucher, et je ne pus trouver un prétexte pour demander au bon prêtre, et sans le froisser, des draps propres.

Je dînai tête à tête avec le curé Folengo. La chère fut si délicate que j'oubliai les draps malencontreux, dans lesquels je m'étendis vers les dix heures. Je m'endormis aussitôt. Mon sommeil durait depuis une couple d'heures, lorsque je fus éveillé par un bruit de voix qui venait de la pièce voisine. Dom Folengo causait avec sa gouvernante, respectable personne de soixante-dix ans, qui nous avait préparé le succulent repas que je digérais encore. Le curé parlait avec animation. Sa gouvernante lui répondait d'une voix aigre-douce. Un mot, qui revenait à tout propos dans leur conversation me frappa: la lèpre. Je me demandai d'abord quelle raison ils pouvaient avoir de parler de cette terrible maladie: la lèpre.

Puis, je me représentai combien l'abbé Folengo était bouffi. Ses mains étaient épaisses. Continuant, mon raisonnement, je dus convenir que le prêtre toscan était imberbe, malgré son âge assez avancé. C'en était assez. L'effroi s'empara de mon esprit. Certains villages italiens, aussi bien que certaines bourgades françaises, sont des foyers de lèpre. Et j'en étais certain. Dom Folengo était ladre. Je couchais dans le lit d'un lépreux. Les draps n'avaient même pas été changés. À ce moment les bruits de voix cessèrent. La prêtre ronfla bientôt dans la pièce voisine. Et j'entendis craquer les marches d'un escalier de bois. La gouvernante montait se coucher dans les combles. Ma terreur grandissait. Je pensai que les médecins ne sont pas d'accord au sujet de la contagion de la lèpre. Ces pensées n'étaient point faites pour me rassurer. Je me disais que l'abbé m'avait offert son lit en toute charité, puis que dans la nuit il s'était souvenu qu'il pouvait ainsi me communiquer son mal. C'est de cela qu'il parlait avec sa gouvernante, et sans doute avant de s'endormir avait-il prié Dieu pour que son imprudence n'eût pas une malheureuse issue. Couvert d'une sueur froide, je me levai et me mis à la fenêtre.

Minuit sonna à l'horloge de l'église. Bientôt je n'y tins plus. Harassé, je m'assis par terre et m'endormis appuyé contre le mur. La fraîcheur du matin m'éveilla vers quatre heures. J'éternuai une trentaine de fois, et frissonnai en regardant le lit fatal. L'abbé Folengo, que mes éternuements avaient éveillé, entra dans la chambre:

—Que faites-vous assis en chemise, contre la fenêtre? me demanda-t-il. Je pense, mon cher hôte, que vous seriez mieux dans ce lit.

Je regardais le prêtre. Son teint était rose. Il était gras, mais sa santé, je dus me l'avouer, paraissait florissante.

—Monsieur, lui dis-je, savez-vous que le climat de Paris, et celui de l'Ile-de-France en général, sont peu favorables au développement de la lèpre. Ce climat a même la salutaire propriété de faire rétrograder cette maladie. Beaucoup de lépreux asiatiques, ceux de la Colombie, en Amérique, où ce mal est des plus fréquents, donnent comme but à leur existence l'arrondissement d'un pécule suffisant à les faire vivre deux ou trois ans à Paris. Après cette période, leur ladrerie s'étant atténuée, ils retournent dans leur pays amasser un nouveau trésor qui leur permettra un nouveau séjour aux bords de la Seine.

—Où voulez-vous en venir, me demanda l'abbé Folengo, vous parlez, si je ne me trompe pas, de la lèpre, la lebbra, cette terrible maladie qui fit tant de ravages au moyen-âge.

—Elle n'en cause pas moins aujourd'hui, lui répondis-je, en le fixant sévèrement, et quant aux prêtres qui en sont atteints, leur place serait plutôt dans les maladreries d'Honolulu, ou dans d'autres léproseries asiatiques. Ils y pourraient soigner leurs compagnons d'infortune...

—Mais pourquoi me parlez-vous de ces choses horribles d'aussi bonne heure? répliqua l'abbé Folengo. Il n'est pas encore cinq heures. Le soleil paraît à peine à l'horizon. L'aurore qui empourpre le ciel ne me paraît point faite pour inspirer d'aussi funèbres pensées.
—Avouez-le donc, signor abbé, m'écriai-je, vous êtes lépreux, je vous ai entendu cette nuit...
Dom Folengo semblait stupéfait et atterré.
—Monsieur le Français, me dit-il, vous vous trompez, je ne suis pas lépreux, et je me demande comment ces idées désolantes vous sont venues?
—Non, signor abbé, précisai-je, je vous ai entendu cette nuit. Vous parliez de la lèpre avec votre gouvernante, dans la pièce voisine.
L'abbé Folengo partit d'un grand éclat de rire.
—Vous autres Français, dit-il en continuant à rire aux larmes, vous ne pouvez venir en Italie sans qu'il vous arrive une histoire de ce genre, témoin votre Paul-Louis Courier, qui fait un récit à peu près semblable dans une de ses lettres... La lepre signifie le lièvre en italien. La chasse est ouverte. Ces jours derniers, un de mes paroissiens m'a apporté un lièvre superbe; j'en parlais cette nuit avec ma gouvernante, car il me paraît être à point. On nous le servira aujourd'hui même, à midi. Vous vous régalerez, en vous félicitant d'avoir, au prix d'une mauvaise nuit, augmenté votre bagage de connaissances linguistiques.
J'étais tout penaud. Mais le lièvre me parut délicieux. C'est que les pires choses, la lèpre elle-même, peuvent devenir excellentes, lorsqu'on sait les accommoder et s'en accommoder.

V
COX-CITY

Le baron d'Ormesan porta vivement la main à la cicatrice que je venais d'apercevoir, et ramena ses cheveux pour la couvrir.
—Il faut que je sois toujours très bien coiffé, me dit-il. On remarque, sans cela, cette vilaine place nette et livide de mon cuir chevelu, et j'ai l'air d'avoir la pelade... Cette cicatrice n'est pas nouvelle. Elle date d'une époque où j'étais fondateur de cité... Il y a de cela une quinzaine d'années, et c'était dans la Colombie britannique, au Canada... Cox-City!... Une ville de cinq mille âmes... Elle tenait son nom de Cox... Chislam Cox... un gaillard moitié homme de science, moitié aventurier. Il avait provoqué le rush dans cette partie, vierge alors, des Montagnes Rocheuses, où est située aujourd'hui encore Cox-City.
Les mineurs avaient été racolés un peu partout: à Québec, dans le Manitoba, à New-York. C'est dans cette dernière ville que je rencontrai Chislam Cox.
J'y étais depuis six mois environ. Au demeurant, je dois l'avouer, je ne gagnais pas un sou et m'ennuyais à mourir.
Je ne vivais pas seul mais avec une Allemande assez jolie fille, dont les charmes avaient du succès... Nous nous étions connus à Hambourg. J'étais devenu son manager, si j'ose dire...
Elle s'appelait Marie-Sybille ou Marizibill, pour parler comme les gens de Cologne, sa ville natale.
Faut-il ajouter qu'elle m'aimait à la folie?... Pour ma part, je n'en étais point jaloux. Toutefois, cette vie de paresseux me pesait plus que vous ne sauriez croire; je n'ai pas l'âme d'un maquereau. Mais c'est en vain que je cherchais à employer mes talents, à travailler...
Un jour, dans un saloon, je me laissai embobiner par Chislam Cox, qui parlait tout haut, appuyé au bar, et exhortait les consommateurs à le suivre dans la Colombie britannique. Il y connaissait un lieu où l'or abondait.
Il entremêlait dans son discours: Christ, Darwin, la Banque d'Angleterre, et, Dieu me damne si je sais pourquoi, la papesse Jeanne. Ce Chislam Cox était très convainquant. Je m'enrôlai dans sa troupe avec Marizibill, qui ne voulait pas me quitter, et nous partîmes. Je n'emportais pas d'attirail de mineur, mais tout un matériel de bar et beaucoup d'alcools; whisky, gin, rhum, etc.; des couvertures et des balances de précision.
Notre voyage fut assez pénible, mais aussitôt arrivés là où Chislam Cox voulait nous conduire, nous bâtîmes une ville de bois qui fut baptisée Cox-City, en l'honneur de celui qui nous dirigeait. J'inaugurai mon débit de boissons, qui fut bientôt très fréquenté. L'or, en effet, était abondant, et je faisais moi-même des affaires d'or. Une grande partie des mineurs étaient Français ou Canadiens français. Il y avait là des Allemands et des individus de langue anglaise. Mais l'élément français dominait. Plus tard, il nous vint

des métis français du Manitoba et un grand nombre de Piémontais. Des Chinois arrivèrent aussi. Si bien qu'au bout de quelques mois, Cox-City comptait près de cinq mille habitants, qui ne possédaient qu'une dizaine de femmes...

Je m'étais fait une situation enviable dans cette ville cosmopolite. Mon saloon était florissant. Je l'avais baptisé Café de Paris, et ce titre flattait tous les habitants de Cox-City.

Les grands froids se firent sentir. C'était terrible. Cinquante degrés au-dessous de zéro constituent une température déplorable. On s'aperçut avec terreur que Cox-City ne renfermait que des provisions insuffisantes pour passer l'hiver. Il n'y avait plus de communications possibles avec le reste du monde. C'était la mort prochaine en perspective. Bientôt les provisions furent épuisées, et Chislam Cox fit afficher une proclamation émouvante, dans laquelle il nous faisait connaître toute l'horreur de notre situation.

Il nous demandait pardon de nous avoir menés à la mort, et trouvait, nonobstant son désespoir, le moyen de parler de Herbert Spencer et du faux Smerdis. La fin de ce factum était effroyable. Cox invitait la population à se rassembler, le lendemain matin, sur la place qu'on avait eu le soin de laisser au centre de la ville. Tout le monde devait apporter un revolver et se suicider à un signal, pour échapper aux affres du froid et de la faim.

Il n'y eut pas de protestations. La solution fut trouvée généralement élégante, et Marizibill elle-même, au lieu de sangloter, me dit qu'elle serait heureuse de mourir avec moi. Nous distribuâmes tout ce qui nous restait d'alcool. Le lendemain matin, nous nous rendîmes, bras dessus bras dessous, sur la place mortuaire.

Dussé-je vivre cent mille ans, je n'oublierai jamais le spectacle de cette foule de cinq mille personnes couvertes de manteaux, de couvertures. Tout le monde tenait à la main un revolver, et toutes les dents claquaient... claquaient... je vous le jure!...

Chislam Cox nous dominait, monté sur un tonneau. Tout à coup, il se porta le revolver au front. Le coup partit. C'était le signal et, tandis que, mort, Chislam Cox tombait de son tonneau, tous les habitants de Cox-City, y compris moi-même, se faisaient sauter la cervelle... Quel souvenir effroyable!... Quel sujet de méditation que cette unanimité dans le suicide! Mais quel froid terrible il faisait!...

Je n'étais pas mort, mais étourdi, je me relevai bientôt. Une blessure, ou plutôt une enflure qui me faisait violemment souffrir, et dont la cicatrice me marquera jusqu'à la fin de mes jours, me rappelait seule que j'avais tenté de me suicider. Et pourquoi étais-je tout seul?

—Marizibill! m'écriai-je.

Rien ne me répondit. Mais, les yeux écarquillés, grelottant de froid, je demeurai longtemps hébété à regarder ces morts, près de cinq mille qui, tous, portaient au front une blessure volontaire.

Puis, je ressentis une faim terrible qui me torturait l'estomac. Les vivres étaient épuisés. Je ne trouvai rien dans les maisons que je fouillai. Affolé et titubant, je me jetai sur un cadavre et lui dévorai la face. La chair était encore tiède. Je me rassasiai sans aucun remords. Puis je me promenai dans la nécropole en songeant aux moyens d'en sortir. Je m'armai, me couvris soigneusement, me chargeai du plus d'or que je pus emporter. Ensuite, je m'inquiétai de la nourriture. Le corps des femmes est plus grasset, leur chair est plus tendre. J'en cherchai un et lui coupai les deux jambes. Ce travail me prit plus de deux heures. Mais je me trouvai à la tête de deux jambons, qu'au moyen de deux lanières, je suspendis a mon cou. Je m'aperçus alors que j'avais coupé les jambes de Marizibill. Mais mon âme d'anthropophage fut à peine émue. J'avais surtout hâte de partir. Je me mis en marche, et, par miracle, je joignis un campement de bûcherons, justement le jour où mes provisions furent épuisées.

La blessure que je m'étais faite à la tête fut bientôt guérie. Mais une cicatrice que je cache avec soin me rappelle sans cesse Cox-City, la nécropole boréale, et ses habitants glacés, que le froid garde ainsi qu'ils tombèrent, armés et blessés, les yeux ouverts, et les poches pleines de l'or inutile pour lequel ils moururent.

VI
LE TOUCHER À DISTANCE

Les Journaux ont rapporté l'extraordinaire histoire d'Aldavid, qu'un grand nombre de communautés Juives des cinq parties du Monde prirent pour le Messie, et dont la mort survint à la suite de circonstances qui parurent inexplicables.

Ayant été mêlé de la façon la plus tragique à ces événements, je sens la nécessité de me défaire d'un secret qui m'étouffe.

Dépliant le journal, un matin, mes yeux tombèrent sur l'information suivante datée de Cologne:

«Les communautés israélites du la rive droite du Rhin, entre Ehrenbreitstein et Beuel, sont dans une grande effervescence. Le Messie se trouverait au sein de l'une d'elles, à Dollendorf. Il aurait manifesté sa puissance par un grand nombre de miracles.

«Le bruit qui se fait autour de cette affaire ne laisserait pas d'inquiéter le gouvernement provincial, qui, craignant tout de l'exaltation des esprits, aurait pris des mesures pour réprimer les désordres.

«On ne doute point en haut lieu que ce Messie dont le nom supposé est Aldavid ne soit un imposteur. Le Docteur Frohmann, le savant ethnologue danois qui, en ce moment, est l'hôte de l'Université de Bonn, s'est rendu par curiosité à Dollendorf, et il affirme qu'Aldavid n'est pas juif ainsi qu'il prétend l'être, mais plutôt un Français originaire de la Savoie où s'est conservée assez purement la race des Allobroges. Quoi qu'il en soit, l'autorité aurait volontiers expulsé Aldavid si cela avait été possible; mais, celui que les Juifs rhénans appellent maintenant le Sauveur d'Israël, disparaît comme par enchantement lorsqu'il lui plaît. Il se tient ordinairement devant la synagogue de Dollendorf, prêchant la reconstitution du royaume de Juda en termes violents et enflammés, qui ne vont pas sans rappeler la rauque éloquence d'Ézéchiel. Il passe là trois ou quatre heures par jour, et le soir disparaît sans que l'on puisse savoir ce qu'il est devenu. On ne connaît, au demeurant, ni sa demeure, ni le lieu où il prend ses repas. On espère qu'avant peu, ce faux prophète sera démasqué et que ses tours de bateleur n'abuseront plus, ni l'autorité, ni les juifs rhénans. Revenus de leur erreur, ceux-ci demanderont d'eux-mêmes à être débarrassés d'un aventurier, duquel les propos mensongers, leur donnant une arrogance regrettable vis-à-vis du reste de la population, pourraient bien provoquer une explosion d'antisémitisme dont, en ce cas, les gens sensés ne pourraient même pas plaindre les victimes. Ajoutons qu'Aldavid parle parfaitement l'allemand. Il paraît être au courant des usages des juifs et connaît aussi leur jargon.»

Cette information, qui en son temps excita vivement la curiosité du public, m'incita, je ne sais pourquoi, à regretter l'absence du baron d'Ormesan, qui ne m'avait plus donné de ses nouvelles depuis près de deux ans:

«Voilà une affaire propre à exciter l'imagination du baron, me disais-je. Il aurait sans doute bien des histoires de faux Messies à me raconter...»

Et oubliant la synagogue de Dollendorf, je pensai à cet ami disparu, dont l'imagination et les habitudes ne laissaient pas d'être inquiétantes, mais pour qui j'éprouvais malgré tout un vif intérêt. L'affection qui m'avait uni à lui lorsque mon compagnon de classe au collège, il se nommait tout simplement Dormesan; les nombreuses rencontres dans lesquelles il m'avait donné l'occasion d'apprécier son caractère singulier; son manque de scrupules; une certaine érudition désordonnée, et une gentillesse d'esprit fort agréable, étaient cause que j'éprouvais, parfois, comme un désir de le retrouver.
Le lendemain, les journaux contenaient relativement à l'affaire de Dollendorf des informations plus sensationnelles encore que celles qui avaient paru la veille.
Des dépêches, datées de Francfort, de Mayence, de Leipzig, de Strasbourg, de Hambourg et de Berlin, annonçaient simultanément la présence d'Aldavid.
Comme à Dollendorf, il avait apparu devant une synagogue, la principale de chaque ville.
La nouvelle s'était vite répandue, les Juifs avaient accouru, et le Messie avait prêché partout dans des termes identiques, au témoignage des dépêches insérées dans les journaux.
À Berlin, vers cinq heures, la police ayant voulu s'emparer de lui, la foule juive, qui l'entourait, s'y était opposée, poussant des clameurs et des lamentations, se livrant même à des violences qui provoquèrent un grand nombre d'arrestations.
Pendant ce temps, Aldavid avait disparu comme par miracle...
Ces nouvelles m'impressionnèrent, mais pas plus que le public qui se passionna pour Aldavid. Et, dans la journée, les éditions spéciales des journaux se succédèrent pour annoncer l'apparition (on ne disait plus la présence) du Messie à Prague, à Cracovie, à Amsterdam, à Vienne, à Livourne, à Rome même.
Partout l'émotion était à son comble et les gouvernements, comme on s'en souvient, tinrent des conseils dont les décisions furent gardées secrètes, et pour cause, car toutes aboutissaient à cette constatation que, le pouvoir d'Aldavid paraissant d'un ordre surnaturel ou du moins inexplicable par les moyens dont dispose la science, il valait mieux attendre, sans intervenir, des événements auxquels la force publique ne semblait pas pouvoir s'opposer.
Le lendemain, des dépêches diplomatiques échangées de cabinet à cabinet, entre les gouvernements intéressés, eurent pour résultat de faire arrêter les principaux banquiers juifs de chaque nation.
Cette mesure s'imposait. En effet, si comme on le supposait la prédication d'Aldavid avait pour résultat de provoquer l'exode des Juifs vers la Palestine, on pouvait aussi compter sur l'exode des capitaux de tous les pays pour la même destination, et il fallait éviter les désastres financiers qui eussent été la suite de cet événement. Au demeurant, on pensait avec raison que ce Messie, dont l'ubiquité paraissait incontestable, sinon les autres miracles qu'on lui attribuait, pouvait bien par des moyens surnaturels alimenter le budget du nouveau royaume de Juda, quand cela serait nécessaire. Et les banquiers juifs, traités d'ailleurs avec beaucoup d'égards, furent mis en prison, ce qui ne manqua

pas de causer un très grand nombre de désastres financiers: paniques dans les Bourses, faillites et suicides.
Pendant ce temps, l'ubiquité d'Aldavid se manifestait en France: à Nîmes, à Avignon, à Bordeaux, à Sancerre, et, le Vendredi saint, celui qu'Israël acclamait comme l'Étoile qui devait sortir de Jacob, et que les chrétiens ne nommaient plus que l'Antéchrist, parut vers trois heures de l'après-midi à Paris, devant la synagogue de la rue de la Victoire.
Tout le monde attendait cet événement, et, depuis plusieurs jours les Juifs croyants de Paris se tenaient dans la synagogue, dans la rue de la Victoire et jusque dans les rues avoisinantes. Les fenêtres des immeubles proches de la synagogue avaient été louées à prix d'or par les Israélites qui voulaient voir le Messie.
Lorsqu'il parut, la clameur fut immense. On l'entendit des hauteurs de Montmartre et de la place de l'Étoile. Je me trouvais à cet instant sur les Boulevards, et, avec tout le monde, je me précipitai vers la chaussée d'Antin, mais il me fut impossible d'aller au-delà du carrefour de la rue Lafayette, où des barrages d'agents et de gardes à cheval avaient été établis.
Je n'appris que le soir, par les journaux, l'événement imprévu qui s'était produit durant cette apparition.
Depuis qu'il ne se prodiguait plus seulement dans des pays de langue allemande, Aldavid parlait moins. Ses nouvelles apparitions duraient toujours autant que celles des premiers temps, mais il se taisait fréquemment, priant à voix basse, puis reprenant sa prédication toujours dans la langue du peuple parmi lequel il se trouvait. Et ce don des langues, qui faisait de sa vie une Pentecôte quotidienne, n'était pas moins surprenant que son don d'ubiquité et que la faculté qui le laissait disparaître à son gré.

Pendant un des instants où, se taisant, le Messie semblait prier à voix basse devant les Juifs prosternés et silencieux, une voix puissante venue d'une des fenêtres qui fait face à la synagogue se fit entendre. Levant la tête, les assistants virent un moine au visage calme et inspiré. De la main gauche étendue, il présentait à Aldavid un crucifix, tandis que de la main droite il agitait un aspersoir dont des gouttes d'eau bénite atteignirent l'homme prodigieux. En même temps le moine prononçait la formule catholique de l'exorcisme, mais l'effet fut nul, et Aldavid ne leva même pas les yeux vers l'exorciseur qui, tombant à genoux, les yeux au ciel, baisa le crucifix et demeura longtemps en prière, face à face avec celui dont le démon Légion n'était pas sorti, et qui, s'il était l'Antéchrist, paraissait tellement sûr de soi, qu'un exorcisme même n'avait pu troubler son oraison.
L'effet de cette scène fut immense et, triomphant dédaigneusement, les Juifs qui y avaient assisté s'étaient gardé de toute injure, de toute moquerie à l'égard du moine. Leurs yeux ardents regardaient le Messie, leurs cœurs exultaient, et tous, se prenant par la main, femmes, enfants et vieillards, en rangs pressés, se mirent à danser comme autrefois David devant l'arche en chantant «Hosannah!» et des hymnes d'allégresse.
Le Samedi saint, Aldavid apparut encore, rue de la Victoire, et dans les autres villes où il s'était montré. On annonça sa présence dans plusieurs grandes villes d'Amérique, en

Australie, à Tunis, à Alger, à Constantinople, à Salonique et à Jérusalem, la Ville sainte. On signalait également l'activité du très grand nombre de juifs qui précipitaient leur départ afin de se rendre en Palestine. L'émotion était partout à son comble. Les esprits les plus sceptiques se rendaient à l'évidence, avouant qu'Aldavid était bien ce Messie que les prophéties ont promis aux juifs. Les catholiques attendaient avec anxiété que Rome se prononçât sur ces événements, mais le Vatican semblait ignorer ce qui se passait, et le pape lui-même, dans l'encyclique Misericordium sur les armements, qu'il publia à cette époque, ne fit même pas allusion au Messie qui se manifestait chaque jour, à Rome aussi bien qu'ailleurs...

Le jour de Pâques, j'étais assis devant mon bureau, et je lisais avec attention les télégrammes qui relataient les événements de la veille, les paroles d'Aldavid, l'exode des juifs, dont les plus pauvres s'en allaient par troupes à pied vers la Palestine.

Tout à coup, mon nom prononcé à voix haute me fit lever la tête, et je vis devant moi le baron d'Ormesan lui-même.

—Vous voilà, m'écriai-je, je n'espérais plus vous revoir... Vous avez été absent au moins pendant deux ans... Mais comment êtes-vous entré? Sans doute, ai-je laissé ma porte ouverte!

Je me levai, allai vers le baron et lui serrai la main.

—Asseyez-vous, lui dis-je, et racontez-moi vos aventures, car je ne doute point qu'il ne vous soit arrivé des choses extraordinaires depuis que je ne vous ai vu.

—Je vais satisfaire votre curiosité, me dit-il. Souffrez que je reste ainsi debout, appuyé contre la muraille, je n'ai pas envie de m'asseoir.

—Comme vous voudrez, repris-je, mais avant tout, dites-moi d'où vous venez, revenant!

Il me répondit en souriant:

—Vous feriez peut-être mieux de me demander où je suis.

—Mais chez moi, parbleu, répliquai-je d'un ton impatienté; vous n'avez point changé... toujours aussi mystérieux!... Au fait, cela fait sans doute partie de votre récit. Eh bien! où êtes-vous?

—Je suis, me répondit-il, depuis près de trois mois, en Australie, dans une petite localité du Queensland, et je m'y trouve fort bien; toutefois, je ne tarderai pas à m'embarquer pour le vieux Monde, où m'appellent des affaires importantes.

Je le regardai un peu effrayé.

—Vous m'étonnez, lui dis-je, cependant vous m'avez habitué à tant de bizarreries, que je veux bien croire ce que vous me dites, mais je vous supplie de me l'expliquer. Vous êtes chez moi et vous prétendez être dans le Queensland en Australie; avouez que j'ai lieu de ne pas comprendre.

Il sourit encore et continua:

—Certes, je suis en Australie, ce qui ne vous empêche point de me voir chez vous, de même qu'on me voit en cet instant à Rome, à Berlin, à Livourne, à Prague, et dans un si grand nombre de villes que l'énumération en serait fastid...

—Vous! m'écriai-je, en l'interrompant, vous seriez Aldavid?
—Lui-même, répliqua le baron d'Ormesan, et j'espère qu'à présent vous ne douterez plus de mes paroles.
J'allai à lui, je le tâtai, le regardai, il était bien là, appuyé devant moi à la muraille, aucun doute n'était possible. Je m'assis dans un fauteuil et contemplai avidement cet homme surprenant qui, plusieurs fois condamné pour vol, auteur impuni d'assassinats retentissants, était aussi, et de manière indéniable, le plus miraculeux des mortels. Je n'osai rien dire et il rompit enfin le silence.
—Oui, dit-il, je suis cet Aldavid, le Messie des prophéties, le prochain roi de Juda.
—Vous m'affolez, protestai-je, expliquez-moi comment vous avez pu accomplir les prodiges qui tiennent en suspens l'attention de l'univers?
Il hésita un instant, puis, se décidant:
—La science, dit-il, est la cause des prétendus miracles que j'accomplis. Vous êtes le seul à qui je puisse m'ouvrir, car je vous connais depuis longtemps, et je sais que vous ne me trahirez point, aussi bien ai-je besoin d'un confident... Vous savez mon nom véritable, Dormesan, et vous connaissez quelques uns des crimes artistiques qui font la joie de ma vie. J'ai une culture scientifique aussi vaste que ma culture littéraire, et ce n'est pas peu dire, puisque, connaissant à fond un grand nombre de langues, je suis au courant de toutes les grandes littératures anciennes et modernes. Tout cela m'a servi. J'ai eu des hauts et des bas, c'est vrai, mais une seule des fortunes que j'ai amassées et dissipées, soit au jeu, soit en prodigalités de toutes sortes, formerait une somme respectable, même en Amérique...
Quoiqu'il en soit, un petit héritage, d'environ deux cent mille francs, m'étant pour ainsi dire tombé du ciel il y a quatre ans, je consacrai cet argent à des expériences scientifiques, et me vouai à des recherches ayant trait à la télégraphie et la téléphonie sans fil, à la transmission des images photographiques, à la photographie en couleurs et en relief, au cinématographe, au phonographe, etc... Ces travaux m'amenèrent à m'inquiéter d'un point négligé par tous les savants qui se sont occupés de ces problèmes passionnants: je veux parler du toucher à distance. Et je finis par découvrir les principes de cette science nouvelle.
De même que la voix peut se transporter d'un point à un autre très éloigné, de même l'apparence d'un corps, et les propriétés de résistance par lesquelles les aveugles en acquièrent la notion, peuvent se transmettre, sans qu'il soit nécessaire que rien relie l'ubiquiste aux corps qu'il projette. J'ajoute que le nouveau corps conserve la plénitude des facultés humaines, dans la limite où elles sont exercées à l'appareil par le véritable corps.
Les récits miraculeux, les contes populaires, qui accordent à certains personnages le don d'ubiquité, montrent que d'autres hommes avant moi ont agité la question du toucher à distance; toutefois ce n'étaient que rêveries sans importance. Il m'était réservé de résoudre, scientifiquement et pratiquement, le problème.

Bien entendu, je laisse de côté les phénomènes ou prétendus phénomènes médionaux touchant le dédoublement des corps; ces phénomènes, qu'on connaît mal, n'ont rien à voir, d'après ce que j'en sais, avec les recherches que j'ai menées à bien.

Après des nombreuses expériences, je parvins à construire deux appareils dont je gardai l'un, tandis que je plaçais l'autre contre un arbre situé au bord d'une allée du parc Montsouris. Mon expérience réussit pleinement, et, actionnant l'appareil transmetteur qui m'avait coûté tant de soins, et que je porte sans cesse sur moi, je pouvais, sans quitter le lieu où je me trouvais en réalité, apparaître, me trouver en même temps au parc Monsouris; et sinon m'y promener, du moins voir, parler, toucher et être touché dans les deux endroits à la fois. Plus tard, j'installai un autre de mes appareils récepteurs contre un arbre des Champs-Élysées, et je constatai, avec joie, que je pouvais aussi bien me trouver dans trois endroits à la fois. Désormais, le monde était à moi. J'eusse pu tirer des profits immenses de mon invention, mais je préférai la garder uniquement à mon usage. Mes appareils récepteurs sont petits, ont un aspect insignifiant, et il n'est pas encore arrivé qu'on les ait enlevés des endroits où je les ai placés. J'en mis un chez vous, cher ami, il y a deux ans, mais c'est la première fois que je m'en sers, et vous ne l'aviez jamais aperçu.

—C'est vrai, dis-je, je ne l'ai jamais vu.

—Ces appareils, continua-t-il, ont tout simplement l'apparence d'un clou... Je voyageai, pendant près de deux ans, dotant de récepteurs la façade de toutes les synagogues. Car mon dessein étant de devenir roi, du simple baron que je me suis fait, je ne pouvais espérer réussir qu'en fondant de nouveau le royaume de Juda, dont les Juifs espèrent depuis si longtemps la reconstitution.

Je parcourus successivement les cinq parties du Monde, me tenant d'ailleurs toujours, grâce à mon ubiquité, en relations avec ma maison à Paris, avec une maîtresse que j'aime, qui me le rend, et qui, voyageant avec moi, m'aurait gêné.

Mais, voyez le côté pratique de cette invention! Ma maîtresse, une femme charmante et mariée, n'a jamais été au courant de mes voyages. Elle ignore même si j'ai quitté Paris, car chaque semaine, le mercredi, lorsqu'elle vient chez moi avide de caresses, elle me trouve au lit. J'y ai adapté un de mes appareils, et c'est ainsi que, de Chicago, de Jérusalem et de Melbourne, j'ai pu faire à ma maîtresse, à Paris, trois enfants, qui hélas! ne porteront point mon nom.

—Puissiez vous trouvez miséricorde, dis-je, le véritable Messie pardonna à la femme adultère.

Il ne releva point ce que je venais de dire, et ajouta:

—Pour le reste, vous connaissez les événements aussi bien que moi-même.

—Je les connais, répliquai-je, et je vous juge sévèrement. Je ne vous crois pas les qualités d'un fondateur d'empire, encore moins celles d'un bon monarque, votre vie criminelle vous condamne et vos imaginations vous feront un jour mener votre peuple à la ruine. Homme de science, habile dans les arts, vous méritiez, malgré vos crimes, l'indulgence et peut-être même l'admiration des gens instruits et de bon sens. Mais, roi, vous n'avez pas le droit de l'être, vous ne saurez point promulguer de lois justes, et vos sujets ne seront que les jouets de vos caprices. Renoncez à ce rêve insensé d'un trône dont vous êtes indigne. De pauvres gens s'en vont à pied sur les routes, vous croyant un personnage sacré qui relèvera le Temple de Jérusalem. Un grand nombre déjà sont morts en chemin pour le misérable imposteur que vous êtes. Renoncez à vous dire plus longtemps le Messie que vous n'êtes point, ou je vous dénoncerai!

—On vous prendra pour un fou, me dit en ricanant le faux Messie; et me croyez-vous assez sot pour vous avoir donné les lumières suffisantes qui vous permettraient de me faire tort en détruisant mon appareil? Détrompez-vous!...

La colère m'aveuglait, je ne savais plus au juste ce que je faisais. Ayant saisi sur ma table un revolver qui s'y trouve toujours, j'en déchargeai les six balles sur le faux corps apparent et solide du faux Messie, qui s'affaissa en poussant un grand cri. Je me précipitai: le corps était là, je venais de tuer mon ami Dormesan, criminel, mais compagnon si agréable. Je ne savais que faire:

—Il m'a abusé, me dis-je, c'était une farce. Il est bien venu ici à l'improviste, il est entré sans que je l'entendisse, ma porte était certainement ouverte. Il s'est moqué de moi en se faisant passer pour Aldavid, c'était fantastique et charmant. Je m'y suis laissé prendre et l'ai tué... Hélas! que vais-je devenir?

Et je méditai quelque temps devant le corps ensanglanté de mon ami...

Puis, tout à coup, une rumeur extraordinaire me fit sursauter. Encore un tour d'Aldavid, pensai-je, il annonce sans doute son couronnement. Puissé-je l'avoir tué et avoir encore près de moi mon ami Dormesan.

J'ouvris la fenêtre pour connaître quel miracle avait encore accompli le prodigieux thaumaturge, et je vis une nuée de camelots porteurs de journaux divers, qui, malgré les ordonnances de police interdisant l'annonce des informations, criaient tous en courant à toutes jambes:

—La mort du Messie, curieux détails sur sa fin subite.

Mon sang se glaça dans mes veines, et je tombai évanoui.

Je me réveillai vers une heure du matin, et frissonnai en touchant près de moi le cadavre. Je me levai aussitôt; puis, je soulevai le corps en rassemblant toutes mes forces et je le jetai par la fenêtre.

Je passai le reste de la nuit à effacer les taches de sang qui s'étalaient sur mon parquet, puis je sortis acheter les journaux, et j'y lus ce que tout le monde sait: la mort subite d'Aldavid dans huit cent quarante villes situées dans les cinq parties du Monde.

Celui qu'on appelait le Messie semblait prier depuis plus d'une heure, quand tout à coup il poussa un grand cri, tandis que six trous, semblables à ceux que font les balles de revolver, apparurent sur lui dans la région du cœur. Partout il s'affaissa aussitôt, et, malgré les soins qui partout lui furent prodigués, partout il était mort.

Cette profusion de corps appartenant à un seul homme—exactement huit cent quarante et un, car par un phénomène singulier on avait trouvé deux de ces corps à Paris—

n'étonna pas outre mesure le public, à qui Aldavid avait donné bien d'autres sujets d'étonnement.
Partout, les Juifs lui firent des funérailles imposantes. Ils pouvaient à peine croire à sa mort et affirmaient qu'il ressusciterait. Mais c'est en vain qu'ils attendirent cet événement, et la reconstitution du Royaume de Juda fut remise à d'autres temps.

Je regardai attentivement le mur contre lequel Dormesan m'était apparu. J'y trouvai bien un clou, mais tellement semblable aux autres clous auxquels je le comparai, qu'il me parut impossible que ce fût là un de ses engins.
Au demeurant, ne m'avait-il pas dit lui-même qu'il me cachait les particularités essentielles des appareils qui lui servaient à faire paraître les corps postiches, grâce à sa découverte des lois du toucher à distance?
Aussi, suis-je incapable de donner le moindre renseignement touchant l'invention prodigieuse de ce baron d'Ormesan, dont les aventures, surprenantes ou amusantes, ont fait longtemps mes délices.